ラスベガスのホテル王は、落札した花嫁を離さない

目次

ラスベガスのホテル王は、落札した花嫁を離さない

プロローグ

『次の商品は珍しい、日本人の若い女性です！　一万ドルから！』

広い会場内にマイクの声が響き渡る。

私が立たされているステージは、上から強いスポットライトで照らされていた。扇形で囲むように階段状に並ぶ席。そこに座っている「客」の顔は暗くてよく見えないけれど、自分が見下ろされているのだけは分かった。

どうしてこんなことになってしまったのだろう。私はただ、失恋旅行に来ていただけだったのに。

『二万！』

『二万五百！』

『三万！』

『四万三百！』

『五万！』

会場のあちらこちらで英語が飛び交う。どうにか聞き取れる、金額と思われる数字がぽんぽんと跳ね上がっていく。ステージ上で震えている私を気にかけてくれる人は誰もいなかった。いまにも座り込んでしまいそうなくらいに、足ががくがくしている。

どうしよう。私、本当にここで「売られ」てしまうの？

『――――――っ！』

ステージの端にいる進行役の人が会場の客に向けて何かを言う。英語が速くて聞き取れなかったけれど、その瞬間にざわっと大勢の男性の声が上がった。

『七万！』

『九万！』

値段の上がり方に勢いがつき、オークションが過熱していくのが伝わってくる。自分のことのはずなのに置いてけぼりにされて、周りだけが勝手に盛り上がっている。

恐ろしさに涙が出そうになった時、ドアが開いたのが視界に入った。ステージから見て客席の奥、階段の一番上だ。誰か入ってきたらしい。

『十万五千！』

一気に跳ね上がった数字に、どよめきが大きくなった。

これまで数字を吊り上げていっていた声がぴたりと止まる。

『十万五千！　十万五千です、他にいらっしゃいませんか？』

進行役の人が会場内に呼びかける。

最後に買値《かいね》を叫んだ声が聞こえたほうを見た。最前列に座っているその人は、でっぷりと太った身体に脂《あぶら》ぎった顔をしていた。ステージを照らすライトの光に目が痛くなりながらも見えたそれに、嫌悪感でぞっと背中が冷える。

不安のあまり、私はステージに上がる前に着替えさせられた白いワンピースをそっと見下ろす。生地はいいけれどすごく薄い。さらに問題なのは、いま身につけているのはこれ一枚と下着だけだということだ。

高値を付けたおじさんと目が合い、ニヤリと下卑《げび》た笑いを向けられる。薄い布のすぐ下にある肌を視線で嬲《なぶ》られている気がして、鳥肌が立った。

あ、あんなおじさんに「買われる」の？

嫌だけれど、どうすればいいのか分からない。

会場の出入り口には黒いスーツの人が必ず立っていて、きっと逃げても捕まえられるのは目に見えている。この会場から外に出られても、荷物もない。お金もないし、パスポートだって。

頼れる知り合いも誰もいない。

でも、こんなのは……

私がぎゅっと自分の身体を抱きしめた瞬間――

『では十万五千で――』

『百万』

響き渡る落ち着いた男性の声に、会場内がしんと静まり返った。

進行役の人がマイクを持ったまま戸惑う。

『なぜ、貴方がここにいらっしゃるのですか？』

『百万だと言ったのが聞こえなかったのかな？』

『それは聞こえましたが……』

会話をしている相手の顔はライトのせいで見えなかったけれど、さきほど会場内に入ってきた人のようだ。客席の間にある階段をコツコツと革靴の音を鳴らしながら下りてくる。

他のお客さんの視線を受けて進行役の人が取り繕《つくろ》ったように咳払いをすると、またマイクを握った。

『失礼いたしました皆様！　百万、百万です！　他にいらっしゃいませんか？』

呼びかけるけれど、みんな戸惑うか諦《あきら》めているかで誰も対抗しようとはしない。

さっき十万五千と言っていた太った男性も、悔しそうな顔はしていてもさらに大きな数字を言うことはできないようだ。太い指先がギリッと椅子のひじ掛けを握りしめている。

『では百万！　日本人の女性は百万で落札されました！』

私を「買った」男性がステージの上にまで上がってきた。見上げるほどの高い身長、ステージのライトに照らされて輝く金色の髪。身につけているのは仕立てのいいオーダーメイドスーツだと一目で分かる。サングラスをしていても分かるほど顔が整っていて、思ったよりも若そうだ。

昨日の朝の米ドルのレートは一ドルが百四十円だった。

つまり一億四千万円で、この人は私を買ったということ⁉

一　落札と恐怖

ラスベガスの夜はどこも煌《きら》びやかで、バーの中は誰かが選んだジュークボックスの音楽がかかっている。薄暗い店内のカウンターの一席で、私はちびちびと舐めるようにお酒を飲んでいた。

甘酸っぱいカクテルは有名な物語のヒロインをイメージしたものらしい。

せっかくアメリカに来たのだからそれっぽいものを飲んでみたいなと思ったのだけど、元々あんまりお酒は強くないからゆっくり口に入れるようにする。

『それで、結局彼氏に振られた理由は分からないままなんだ』

『そうなんです。別れようとメッセージが来てすぐにブロックされたので、連絡も取れなくなってしまって』

『そりゃひどいね。だから失恋旅行？』

『はい。もうこうなったら思いきり気分転換してしまおうと思ったんです』

学生時代からの貯金を掴《つか》んで、就職して初めての長期休暇を利用してラスベガスに来たのだ。

ラスベガスを選んだ理由は特にない。ただ、人生で初めてできた彼氏にたった一か月で振られて、旅行会社のカウンターで「ストレス発散をするのなら」とおすすめされたのがここだっただけ。

まさか朝一に出発して、現地到着が日本時間の夕方になるくらい遠いとは想像もしていなかった。

とりあえずホテルに荷物を置いてご飯を食べに外に出て、帰りがけに見かけてなんとなく入ったバー。その席で声をかけてくれたのが、いま隣にいる男性だ。茶髪はともかく、高い鼻と彫りの深い目元や英語での会話が、アメリカに来たんだなと実感させてくれる。

『それじゃ、さっき着いたばっかりなんだ』

『はい。遊ぶのも観光するのも明日からで、楽しみです』

大学は英文学科に通っていてよかったと思う。英会話の授業の成績はそこまで優秀だったわけではないけれど、こうしてコミュニケーションを取るくらいなら困らないから。

相手の男の人が少しゆっくり目に喋《しゃべ》ってくれているのもありがたい。いまはどうにかリスニングできている。困った時に役に立つかなとスロー再生機能付きのボイスレコーダーも買っておいたけれど、いまのところどうにか使わないでいられている。

まあ日常会話ならどうにかなると思ったから、ツアーでもない女の慣れない一人旅行を選択したのだ。勢いが大部分だったとしても。

『え、それじゃ今日はもう何もしないの⁉　ホテルに帰るだけ⁉』

『もうこんな時間ですし』

ラスベガスに合わせた腕時計はもう二十一時を指している。見知らぬ海外で女一人が出歩くにはそろそろ止めたほうがいい時間だと思う。

『ここはラスベガスだよ⁉　夜も眠らない街でこんな時間に帰るとか、ハイスクールに通ってる子供ですらあり得ない！』

『え……そうなんですか？』

『当たり前だよ！　これからがラスベガスの本番だよ、まったく』

大げさだけどアメリカ人らしいオーバーリアクションで呆れられて、そういうものなのかなと頷いた。確かにラスベガスのイメージは明るく輝くネオンだ。夜に遊ばないなんてもったいない気もする。

『そうしたら泊まっているホテルの隣にカジノがあった気がするので、少しだけ寄ってみます』

ちびちび飲んでいたカクテルのグラスを傾けて最後まで飲み干す。とっても美味《おい》しくて気分が上向きになった。初対面の男性とこんなふうに話ができたのも、アルコールのおかげだろう。

席を立った私につられるように、隣にいた男性も立ち上がった。

『カジノに興味があるならちょうどいい！　僕がよく行く、すっごくおススメの場所があるんだ。案内するよ！』


バーで声をかけてくれた男性に連れられたのは、ホテルなどのカジノではなかった。

『あ、あのやっぱり、私は他のところに……』

ラスベガスのメインであるストリップ通りから少し離れた道。近くに大きなホテルは見当たらない中、一棟だけ暗く沈んだビルだ。

明らかに異質な空気に警戒して引き返そうとしたけれど、その前に肩に手を回された。

『大丈夫だよ、そんな怪しい場所じゃないって。ほら、見てみな？』

促《うなが》された先で、道路に黒いリムジンが停まった。一見して裕福そうだと分かる恰幅《かっぷく》のいい老人が、黒いスーツを着た二人の男性を連れて異様な雰囲気のビルに入っていく。

『ここ、会員制のカジノなんだ。見た目は怪しいかもしれないけど、全然問題ない』

『で、でも』

確かにお金持ちそうな人が入っていったから、いきなり危険な目に遭うとかはないかもしれない。でも、と思いながら建物を見上げる。やっぱり海外で初対面の人に連れられて行く場所じゃない気がする。ここでなくても遊べる場所なら他にいくらでもあるはずだ。

そう思って断ろうとした。

『ちょっとだけでもいいから遊んでこ？　な？』

笑顔のはずなのにどうしてだか迫力を増した男の人に促《うなが》されて、断りの文句が喉の奥で詰まる。気が進まないまま、私はそのビルに入ることになってしまった。

私の人生は地味だ。

特に勉強ができるわけでもないし、運動が得意なわけでもない。普通に公立の学校に通い、公立の高校に進んだ。

本を読むのが好きだったから英文学科に進学したけれど、やはり成績は可もなく不可もなく。就職も中小企業の事務としてどうにか拾ってもらった。

外見も美人というほどではない。ふわふわの天然パーマは梅雨《つゆ》の時期には広がって収拾がつかなくなるから短く切るわけにもいかなくて、いつも肩より下の同じ長さ。色も染めたことがない。

性格も社交的なほうではなくて、友達はクラスに一人か二人だ。あまり多くない代わりに深く付き合うから、就職したいまでも小学校の時の友達と仲がいいのは自慢かもしれない。

地味だけれど、そんな自分が嫌いではない。

放課後に友達と話をするのは楽しかったし、本を読んで色んな世界を追体験するのも好き。毎日は平凡で特別な何かが起きるわけではないけれど、平穏な中で小さな幸せを積み重ねていくような日々だった。

そんな私の人生に起きた大きな事件が、取引先の人にデートに誘われたこと。

いままで男性から声をかけられたことがない私は舞い上がった。可愛いワンピースを買って、少しヒールの高い靴を履いて、髪も天パが目立たないようにお団子にまとめた。そうして浮かれた初デートの終わりに告白されて付き合うようになり、幸せというのはこういうことなんだと思った。

けれど、幸せのピークはその初デートの日だった。

翌週の二度目のデートは、向こうの仕事のトラブルで約束の一時間前にキャンセル。メッセージの返信の間隔もどんどん空いて、二週間も音沙汰がなくなって——初デートの日から一か月経った頃に『やっぱり付き合うのはなかったことにしてほしい。別れよう』とポツンとメッセージが来ただけ。理由を聞こうとしてもブロックされて通じないし、取引先の担当者も変わってしまって、連絡が取れなくなった。

何も分からないまま振られ、落ち込んだ。初デートの日に何か失敗したのかなとか、その後のメッセージのやり取りで何か怒らせるようなこと言ってしまったのかなとか。

考えたけれどまったく心当たりがなく、思いつかないことにもまた気分が沈んだ。私は一時《いっとき》でも恋人になった人の気持ちすら想像できないんだと。

そんな泣き言を大学時代の友達に言っていたら、「考えすぎもよくないよ。気分転換でもしてきたら？」というアドバイスをもらい、それならいままでやったことのないことをしようと思った。

一人での旅行も海外に行くのも初めてだけれど、きっとこんな機会でもないと一生実行には移さなかっただろうから、逆にいい機会をもらったんだ。そう自分を慰めるようにして来たのだけど……

やはり少し思い切りすぎたのかもしれない。

初めての海外で、いつもはあんまり飲まないお酒を口にして、知らない男の人に声をかけられて。普段とはかけ離れた環境に私も変に気が大きくなっていて、判断力や警戒心が鈍っていたのだ。

『あれ、また外れちゃったね』

私の目の前には大きなルーレット台があった。隣にはここに案内してくれた男の人が座っていて、『次こそ当たるといいね』とチップを渡される。

だけど、私は目の前に積まれたチップをそっと押し返した。

『あの、そろそろやめます。帰らないと』

そう言って席を立とうとしたけれど、肩に回されていた腕にぐっと力が入り引き留められた。会ったばかりの人に密着されているということに勝手に身体が震えて、俯《うつむ》いてしまう。

『帰るんならさ、お金払わないと』

『え？』

『俺が貸した分のチップ代、払ってくれるよね？』

『え、でも、そんなの知りません』

強引に連れてこられたカジノは、外からは想像できないほど広くて明るくて人がたくさんいた。身なりのよさそうな人があちこちに座っていて、思い思いに遊んでいる。

カジノ自体初めてできょろきょろしていたら男の人に『こっちだよ』と手を引かれて、ルーレット台の前に座らされたのが少し前のこと。

『これならルールも簡単だし、知ってるでしょ？』

そう言われて『知りません』とも答えられなくて黙っていたら、男の人がディーラーに目配《め くば》せをして目の前にチップを置かれた。ディーラーが玉をルーレットに入れると、『早く早く』と急《せ》かされる。

ディーラーやルーレット台の周囲にいる他のお客さんの視線に耐えきれず、私は目の前に積まれたチップを一枚摘《つま》んだ。だけど、『そんなつまんない賭け方ないでしょ』と、手のひらにすべて載せられる。仕方なくそっと「赤」の上に置いた。結果は「黒」で、チップが回収される。

あまりにもあっさり終わってしまってぼけっとしていたら、またチップを渡された。

『残念だったね。はい、じゃあ次はどこにする？』

続けるのが当然のような空気に反論できず、同じことがこのあとに三回続いて、やっと「何かがおかしい」と気が付いた。二分の一が四回連続で外れるというのもなくはないかもしれないけれど、嫌な感じがする。

そう思って帰ろうとしたのに、チップ代って……

確かに、最初から押し付けられるように渡されたチップをそのまま賭けてしまっていた。

『ここ、高レート台なんだ。だから君が負けた分はざっと五万ドルくらいかな』

『五万ドル⁉』

五万ドルって、一ドル百円の単純計算でも五百万円だ。

思わず大きな声が出て、周りの目線が私に集まる。その時にやっと、最初からそのつもりだったのだと分かった。男の人も、ディーラーも、恐らく同じ台に座っているお客さんらしき人たちもみんな。

『いまここで払えないんなら、別の手段で払ってもらうしかないね？』

『そん、な……』

ふらっと一瞬眩暈《めまい》がして、後ろを歩いていた人にぶつかった。

『あ、すみません』

『いえ、こちらこそ』

慌てて振り返って頭を下げる。

アジア人らしきすらっとした体格で黒髪の眼鏡をかけた男の人が、細そうな目を丸くして私を見下ろしていた。そりゃあそうだろう。どう考えても私はこの場には不釣り合いだ。

でも同じ台の人たちの嫌な視線とは違う、純粋な驚きの表情に見えて、藁《わら》にもすがるような思いで「助けてください」と言おうとした。けれど言葉にする前に、黒髪の男の人に顔を逸らされる。

その時、スーツの上からでも筋骨隆々《きんこつりゅうりゅう》と分かるガードマンらしき黒人が反対方向から近寄ってきた。

『何かトラブルか？』

「あ……っ」

視線が一瞬逸れた間に、黒髪の男の人はいなくなってしまっていた。

私も同じようにその場から離れればよかったのに、まったく身体が動かず、黒人に腕を掴《つか》まれた。

そして翌日にはステージ上に立たされていたのだった。

◇◇◇

オークションが終わり、ステージから下ろされ、黒人に付いて裏手の通路を歩く。私以外のオークションも終わったようで、廊下の壁紙よりも白い顔で俯《うつむ》いている女の人が黒いスーツの男の人に連れられていた。恐らく私も同じような顔をしているのだろう。

足が震えてへたりこんでしまいそうな私に構わず、目の前の男の人は振り返ることなくずんずんと進んでいく。このまま逃走してしまいたい衝動にかられるけれど、同時に無駄だと理解していた。

『この部屋だ。入れ』

早口の英語で示されたのは、等間隔に並んだドアのうちの一つだった。向こうに何があるのかを覚悟する間も与えられず、ドアノブが回される。

『早く入れ』

急《せ》かされて渋々と中に入った。

私が一晩閉じ込められた狭い部屋と違い、室内は間接照明の柔らかな光に照らされていた。そこには、大きくて座り心地のよさそうな三人掛けソファが向かい合って一つずつ。間に置かれた木製のローテーブルにはノートパソコンが広げられている。

ソファには白人の黒いスーツの男性と、さきほど私を落札した金髪の男性が座っていた。

『それでは支払いを確認しましたので、商品を引き渡します』

黒いスーツの男性がパタンとノートパソコンを閉じて立ち上がる。大事そうに小脇に抱えて、案内してきた男性と連れ立ってドアから出ていった。

部屋の中に、私を買った男性と二人で残されてしまう。

『支払いを確認した』ということは、百万ドルを一括で支払ったのだろうか。紙幣にしたらものすごい重量になりそうだけど、さっきの人が手にしていたのはノートパソコン一台だけ。

なんてことを考えてしまうのは、ただの現実逃避だ。

ラスベガスに到着したのがつい昨日の夕方だったなんて、信じられない。知らない人に騙《だま》されカジノで無理やり借金を背負わされて、オークションで売られたのも。

そして、ソファから立ち上がりこちらへ寄ってくる金髪の男の人に買われたという事実も。すべて夢ならいいのに。

「まさか、この僕が人を買うことになるとは思わなかったな」

「え？」

何を言われるのか、されるのか。震える指先をぎゅっと握りしめていたのだけど、出て来たのが日本語だったことにぽかんと口が開いた。

「日本語、喋《しゃべ》れるんですか……？」

「あれ、僕の顔を見てもそういうことを言うの？」

男の人が驚いたようにサングラスを外した。

一瞬で目を奪われるほど、整った造作だ。印象的な蒼い瞳が柔らかく細められる。彫りの深い目元や通った鼻筋、僅《わず》かに上がった口角、白い肌。輝く金の髪といい、見上げるほどの高い身長といい、すべてが絵本の中から出て来た王子様のように完璧だ。

もしかしたら有名な人なのかもしれない。しがない事務職の私には一生かけても払えない大金を簡単に出せる人だから、お金持ちで有名で、色んな人に知られているのかも。

オーラのようなものに圧倒されて思わず後ずさり、入ったばかりの部屋のドアに背中が触れた。

相手のプライドを傷つけていたらどうしようと怖くなる。お金で人を買うことになんの躊躇《ちゅうちょ》もないのだ。まともなはずがない。

何かを考えている様子の男性を見つめているうちに、口の中がからからに渇く。

「……仕方がないな」

大きなため息とともに、男の人が私に背を向けてソファのほうへと戻っていった。

突然暴力を振るわれなくてよかったと息を吐く。ちらりとすぐ後ろのドアを見た。このまま外に出て逃げるのはどうだろう。いまならあの大きな黒人もいない。

相変わらずお金もパスポートもないけれど、外に出て助けを求めれば——いや、だめだ。ここの建物がどんな造りになっているのかも知らないし、もし運良く出られたとしても、次に声をかけた人が助けてくれる保証は？　昨日からまともで親切な人になんて会っていない。

下手なことをしてこの人の機嫌を悪くするほうが、もっとひどいことになるかもしれない。

そんなふうに考えてしまい、自分がこれからどうなるのか想像もできず目に涙が浮かんだ。

「いつまでそこに立っているの？　こっちにおいで」

ソファの足元に置いていたらしいカバンを手にした男の人が、私のほうを見ている。泣きそうなのを見られたくなくて俯《うつむ》いたけれど、足が震えて動けない。

ドアに寄り掛かったまま突っ立っていたら、不意に顔に影がかかった。どうしたんだろうと思うと同時に、膝の裏に回った腕で身体が持ち上げられる。

「きゃあっ⁉」

「おいでよ」

強引に移動させられ身体が強張《こわば》ったけれど、近くで見る男の人の表情は怒っているようには見えなかった。いわゆるお姫様抱っこというもので私を持ち上げているはずなのに、ふらつく様子もなく、すたすたと部屋を横切っていく。気が付かなかったけれど、この部屋には二つのドアがあったらしく、男の人は反対のドアから廊下に出た。

絨毯《じゅうたん》が敷かれ壁に絵画も飾られている空間を見て、どうやら私が歩かされたのは裏側の通路で、こちらはオークションに参加した「お客さん」のための通路らしいと気が付く。等間隔に並んだ部屋の中で、誰かが同じように引き渡されているのかと思うと、ぞっとした。

「あの、自分で歩けます」

「大丈夫だよ、このまま僕に任せて」

やんわりだけども明確に拒絶されてしまうと、何も言えなくなる。

途中誰ともすれ違うことなく、エレベーターに到着した。表示される階数表記に、これまで地下にいたことを知る。どうりで部屋にも廊下にも窓がないはずだ。

外はもう暗かった。ここに来た時にも見上げた暗いビルを、男の人の肩越しに確認する。この建物の地下で人身売買が行われているのだと事前に説明されていたとしても、信じなかっただろう。

男の人は外に出ても下ろしてくれる気配がない。ただ、抱き上げる腕に乱暴さは感じなかった。買った相手に対して不思議だけど、壊れ物を運んでいるようだ。抵抗するべきか、大人しくしておくべきなのか。どうすればいいのか悩んでいたら、黒塗りのリムジンがすーっと目の前に滑り込んできて停まった。

男の人が当然のようにドアを開くと、中に乗せられる。車はまずいのではないかと思いながらも、どうすることもできない。

車の中は、天井が高くて広い空間になっていた。椅子も車のシートというよりソファのようで、車に対して横向きに備え付けられている。対面にはグラスの載ったローテーブル。その脇には小さな冷蔵庫のようなものまであった。これを一口に「車」とくくったらいけない気がするほど、いままで想像もしたことのない別世界だ。

「リムジンはそんなに珍しいかな?」

「ええと……あの、はい」

頷くと、あとから乗り込み隣に座った男の人がくすくすと笑った。顔の造作がとても整っているからか、動きの一つ一つが全部さまになっている。

「名前は?」

「え?」

「君の名前、教えてよ」

「……美緒《みお》です。西村《にしむら》美緒」

「可愛い名前だね。じゃあ美緒、何か飲みたいものはある? ワインでもビールでも欲しければ出せるよ」

「……大丈夫です。それより、どこに向かっているんですか?」

問いかけると、彼はローテーブルの上に重ねられていた雑誌を手に取った。

「さすが、ルークはいい仕事するなぁ」

そう言いながら、表紙を見せられる。そして、大きく写っている人物の背景の建物を指でさし示された。

「ここに写っている、僕のホテルだよ」

連れてこられたのは、旅行のパンフレットでも見た、見上げるほど大きなホテルだった。ネオンの輝く建物は宿泊施設だけではなく、商業施設も付いているらしい。カジノはもちろん、敷地内には散歩できそうな広い中庭やプールもある。

中に入ると、テレビでも観たことがないほど豪華な部屋に案内された。中央にリビングに置くような三人掛けのソファや猫足のローテーブルがある。それだけでも驚くのに、ベッドルームは別らしい。壁は一面がガラス張りの窓になっているけれど、ラスベガスの中心部に建っているのにほとんどネオンが見えないのは、この部屋が最上階だからなんだろう。

ホテルの一室だとはとても思えない。一人暮らししている私の家よりも広いし、キッチンまで備え付けられている。

男の人に手を引かれ、部屋にあるソファに座るよう促《うなが》された。ふかふかなそれに、お尻が沈む。そうして、隣に腰を下ろした彼に車から持ってきた雑誌を渡された。見れば、ローテーブルにも異なる雑誌が何冊も重ねられている。

「英語は読めるよね？　これ、全部僕だから」

「え……ええと、はい」

私は、言われるまま受け取った雑誌に目を落とした。

表紙には確かに、いまソファの隣にぴったりと身体をくっつけるようにして座っている男の人が写っている。モデルさんか俳優さんかなと思ったけれど、この雑誌は真面目な経済誌だ。

『若くして事業を成功させたラスベガスのホテル王、ウィリアム・ローランド』

「そう、それが僕」

雑誌の一文を読み上げると、日本語で肯定される。

他の雑誌の表紙もすべてこの男の人で、ぱらぱらと目を通した写真付きの記事の内容はどれも大差なかった。

目の前の男の人は、キラキラした金髪や透ける蒼い瞳、彫りの深い顔立ちのどれをとってもキレイだ。それだけでなく、すらっとした立ち姿も、いまみたいに座っている姿も、動作のすべてが洗練されていて格好いい。モデルだと言われても違和感がない。いやそこらへんのモデルよりよほど見栄えがするし、華がある。同じ空間で隣に座っていても、どこか別世界にいるような感じ。

雑誌の表紙を飾っているのも、記事のインタビュー写真よりもスナップ写真が多いのも、納得だ。

これだけ格好よくて、しかも肩書きもすごいなら、かなり有名なんだろう。

記事の中には語学が堪能なことも書かれていた。ヨーロッパ各国だけではなく、日本、中国、タイなどのアジア諸国でも通訳が必要ないらしい。

なるほど。彼が日本語を喋《しゃべ》れることに驚いた時の反応の理由が分かった。初対面の相手でも顔やステータスが知られているのが当然の人だから、意外に思われたんだ。

「申し訳ありません。私、貴方のことを全然知らなくて……」

「改めて名乗ったほうがよさそうだね。僕はウィリアム・ローランド。ここは僕が建てたホテルで、ニューヨークをはじめいくつかの国や都市にも所有してる。いまちょうど、日本にも二棟目を建設中だよ」

「あの、ローランドさん」

「ウィル」

「え？」

「僕のことはウィルと呼んで、美緒」

「えっと、あの」

男の人を名前や愛称でなんて呼んだことがない。しかもローランドさんは私を「買った」相手なのに。そう考えると、急にその事実が重くのしかかってくる。

「それは……『命令』、ですか？」

「ん？」

横を見上げながら問いかけると、ローランドさんがきょとんと瞬《まばた》きをした。表情は自然だけど、その分何を考えているのかよく分からない。

ローランドさんが柔らかく笑う。

「僕は美緒に『命令』なんかしないよ。ただ『お願い』をしているだけ。美緒に『ウィル』と呼ばれたいなあって」

この人は何が目的で、私みたいなただの一般人を一億円もの大金を出して買ったのだろう。この人にとって、一億円ははした金なのかもしれないけれど、意味もなく人を売買なんてしないはずだ。

私は、ごくんと生唾を呑み込んだ。

「あ……貴方は、なんで私を買ったんですか？」

もしかしたら想像もしないような恐ろしい返事をされるのかもしれない。けれど聞かずにはいられず、恐怖を抑えつけて彼を真っすぐに見つめた。

ローランドさんはもう一度瞬《まばた》きをして、道行く女性を全員誘惑してしまいそうな笑顔で微笑んだ。

「そんなの決まっているじゃないか。美緒と結婚するためだよ」

一瞬何を言われたのか分からなかった。

呆然と見上げると、ローランドさんの大きな手で頬を撫でられる。

「美緒と結婚するためだよ」

形のいい唇がもう一度同じことを言った。私の空耳でも聞き間違いでもないらしい。

「僕も聞きたいのだけど、美緒はどうしてあんな場所にいたの？」

「わ、私は、騙《だま》されて」

「そうか。まあそれ以外にはないよね」

ローランドさんが笑顔を消して、真剣な表情で私の顔を覗きこんできた。澄んだ蒼い瞳に真っすぐ見つめられ、一瞬心臓が跳ねる。

「あそこに集まるのはね、お金でなんでも解決できると思っていて、実際にそうしてしまえるだけの力のある奴らばかりだ」

「……っ」

「美緒のように、可愛くてか弱い女性を好きなだけ嬲《なぶ》ってゴミみたいに捨てるような奴らなんだよ」

　想像していたことが現実だと教えられて背中が冷えた。貴方も同じですか、なんて聞きたくても聞けない。肯定されたくない。

　ローランドさんが私の頬から手を離すと、突然ぎゅっと抱き寄せられた。見かけよりもがっしりした胸元に顔が埋まる。男の人にこんなふうに接触するなんて初めてだ。ふわりと爽《さわ》やかでどこか甘い香りに包まれ、眩暈《めまい》がした。

「ねえ美緒。……いますぐに君のすべてを僕のものにしてもいい？」

「え？」

　ローランドさんの顔を見ようとする前に抱き上げられた。車に乗る前の横抱きと違って、縦にかかえるような体勢だ。

　背の高いローランドさんをさらに上から見下ろしてしまった。

「あそこにいた奴らのようなひどいことはしないから大丈夫だよ」

　ローランドさんが何を言っているのか、頭が理解しようとするのを拒否する。けれど急ぎ足で移動して連れて行かれた先に、大人が三人でも余裕で寝られるくらい大きいベッドがあるのを見て、喉がひゅっと鳴った。

　嫌な予感ほどよく当たる。

　ローランドさんにベッドの真ん中にそっと下ろされて、肩を押された。優しそうな顔だけど力は強くて逆らえず、簡単にベッドに沈められる。

「ローランドさ、ん……」

強張《こわば》った私の顔を見て、ローランドさんの澄んだ瞳が揺れた気がした。だけどそれは一瞬のことで、頬をそっと大きな手で包まれ、端整な顔がゆっくりと近寄ってくる。

振られた彼とは一回デートをしただけ。抱きしめたり、手をつないだりすることもなかった。もちろんキスも。

――いやっ！

ローランドさんが唇を重ねようとしているのが分かって目をぎゅっと瞑《つぶ》ると、頬に柔らかい感触と、ちゅっという小さな音がした。恐る恐る目を開けると、ローランドさんが困ったように笑いながら私を見つめている。

男らしい指先が私の唇に触れた。

「ローラン――」

「ウィル。ウィルって呼んでよ、美緒」

「そんな……わけには」

やっぱり男の人を、しかも初対面のよく知らない人を名前で呼ぶなんて無理だ。

「僕たちは結婚するんだよ？　そんな他人行儀に呼ばないでほしいな」

「……っ！」

「ねえ美緒、ウィルって呼んで？」

それは確かにお願いの形だったけれど、命令に近かった。彼の中では私との結婚はもう決めたことらしい。

そのために私を「買った」のだ。買われた私に逆らう権利なんてない。

「うぃ……ウィル、さん？」

「他人行儀に呼ばないでと言っただろう？　ウィルだよ、ウィル。ほら美緒、ちゃんと呼んで？」

「……ウィ、ル？」

求められるままに震える声で繰り返すと、ローランドさん――ウィルがにっこりと嬉しそうに微笑んだ。うん、と目を細めて頷いてくれる顔から目が離せなくなる。

「美緒、もっと呼んで」

「ウィル……さん？」

「どうして戻ってしまうの？　ウィルだよ、ウィル」

「うぃ……ウィル」

「うん、そうだよ。もう一回」

「……ウィル？」

「もう一回呼んで」

「ウィル」

「嬉しいよ、美緒。もっと、もっと呼んで」

「ウィル？　ウィル……ウィ、……っひぁ！」

言われたことを繰り返すみたいに名前を呼んでいたら、ウィルに耳元へキスをされた。ぞくりと背中に何かが響いて変な声が出る。

ウィルの楽しそうに笑う低い声が、耳から頭の中に直接響いた。

「美緒は声も可愛いね。そんな可愛い悲鳴を聞いたらたくさん啼《な》かせたくなってしまうよ」

「え……ひゃ、あぁっ！」

ぴちゃ、と水音がしたと思ったら、耳たぶを食べられた。

「や……っ、そこ、んっ！」

「ここ、好きかい？」

「や！　……っ、や、好きじゃ……ふぁっ」

跳ねそうになる身体を、ウィルの胸板で押さえつけられた。

耳の形をなぞるように熱い舌が舐めてくる。水音が直接頭の中に入ってきて、なんだかよく分からない初めての感覚が身体の奥で生まれそうな予感がした。

いままで経験のないことに対する怖さが湧き上がって、やめてほしくて目の前の肩を押し返そうとする。

「大丈夫だよ、怖いことはしないから。僕に全部任せてくれればいい」

ウィルが耳元で話しながら、私の手首を掴《つか》んで肩から離す。そして、指先にちゅっと音を立ててキスをした。

「美緒は指先まで可愛いね」

結果的に耳から離れてくれたことにほっとしながら彼を見上げた。

視線が合うと、ウィルの瞳がゆるりと細くなる。けれど私の服を見て、困ったように微笑まれた。

「この服は美緒のものじゃないよね？」

「あ……は、はい」

身体のラインがそのまま出てしまう薄くて白いワンピースは、あのオークションがはじまる前に着替えさせられたものだ。私の私物は洋服も含めてすべて取り上げられてしまっていて、何一つ持っていない。

頷くと、ウィルの眉間に皺《しわ》が寄った。顔が整っている人の怒っている表情は迫力がある。明らかに機嫌の悪いオーラをまとったウィルに威圧されて、びくっと肩が揺れた。

すると、はっとしたウィルが空気を変えるように微笑む。

「美緒に怒ったわけじゃないよ。……でもごめん、この服は脱がさせてほしい。美緒が他の人に渡されたものを着ているのは不快なんだ」

「え……？　きゃうっ」

突然ワンピースの裾を捲《めく》られて、頭から引き抜かれた。それが無造作に床に投げ捨てられると、私の身体を隠すのは下着だけになる。

「いやっ！」

買われた立場だとかそんなことは頭から飛んで、胸を両手で隠して背中を向けるように身体を丸くした。こんな突然、男の人に身体を見られるなんて。

耳まで熱くなって目に涙が滲《にじ》んだ。

「恥ずかしがらないで、美緒。僕も脱ぐから素肌で触れ合おう？」

後ろでスーツを脱いでいるような音が聞こえたかと思ったら、背中にぴったりと温かい素肌が触れた。

そして、身体を包まれるように覆いかぶさられる。

「こっちを向いて」

「む、む、無理、ですっ」

自分が服を着ていないだけでも恥ずかしくて頭が沸騰しそうなのに、振り向いたら裸のウィルもいるなんて。より一層背中を丸めたら、肩のあたりでちゅっと音がして柔らかい感触が触れた。

何をされたのかは分かったけれど反応できないでいたら、ちゅっ、ちゅっ……と背中のあちこちで同じ音が聞こえてくる。

薄そうに見えた彼の唇は、肌で感じるととても柔らかくて、どこかくすぐったくて、なんだかドキドキする。

「ね、美緒。こっちを向いてよ」

背中へのキスの合間にまた言われたけれど、近くにあった枕に顔を押し付けながら必死に首を振った。耳まで熱すぎて無理だ。こんな顔、誰にも見せられない。

「どうして？　恥ずかしい？」

ウィルの言葉に今度は何度も頷く。すると、くすくすと楽しそうな笑い声が聞こえた。

「美緒は可愛いな。そんなふうに反応されたら、もっと虐《いじ》めたくなっちゃうよ」

ウィルの大きな手が私の背中に触れて、ぷつんとブラジャーのホックを外された。

流れるような動作で、下着までもが下ろされて足から引き抜かれる。

「やっ！　だめっ！」

「美緒の全部、僕に見せてね」

背中に何度も音を立ててキスをされる。時々肌を舐められて、その感触にぞくんと身体が震えた。

手で胸を隠しながら必死に背中を丸めるけど、洋服をすべて脱がされてしまったせいでそれ以上身動きができない。

「こっちを向いて？　この肩も丸くて可愛いけれど、顔を見せてよ」

ウィルがそう言って、背中にまたちゅっと音を立ててキスをした。

私を買ったのはやっぱりこういう目的だったのだと、浮かんだ涙を飲み込むように固く目を瞑《つぶ》る。

「仕方ないな。電気を暗くすれば少しは平気？」

ウィルの動きに合わせてベッドが揺れ、ピッピッと音がした。瞼《まぶた》の向こうが暗くなり顔を上げると、さっきまで煌々《こうこう》とついていたライトが消えている。

あとは、ベッド下のぼんやりしたフットライトだけになっていた。

「やっと顔を上げてくれた」

「え」

聞こえた声が近かった気がして横を向くと、すぐそこにウィルの顔がある。

ベッドヘッドのパネルを操作して電気を消したんだと気が付くのと、頬にまた音を立ててキスをされたのはほぼ同時。

目の前の端整な顔に緊張して、反射的にぎゅっと目を閉じる。

「ごめんね、美緒」

「え？」

何を謝られたのか分からなくてさっきと同じ言葉を返すと、ころりと身体をひっくり返された。

慌てて瞑《つぶ》ったばっかりの目を開くと、下着一枚しか身につけていないウィルが私の上にいて、真っすぐ目が合ってしまう。

「あ……嫌ぁっ！」

ワンテンポ遅れて、自分の状態を思い出す。

下着すら身につけておらず、素肌を晒《さら》しているということを。

せめてもの抵抗でまたうつぶせになろうとしたけれど、肩を押さえられて動けなくなった。強い力ではないのに、起き上がることすらできない。

「……ぁ」

喉の奥で悲鳴が凍った。

自分がこれから何をされるのかが、これ以上ないほどに現実として襲ってきて、目の前が暗くなる。

「買われる」というのは、こういうことなんだ——

「美緒、美緒っ」

「っ！」

名前を呼ばれて、ふっと目の前に焦点が合った。私を見下ろしているウィルの顔が見える。

一瞬恐ろしい怪物のように思えたのに、私を真っすぐに見つめる視線に剣呑《けんのん》さはどこにもない。

「大丈夫だよ。いきなりで怖がらないでなんていうのは無理かもしれないけれど、絶対にひどいことはしないから」

「……ウィリアムさ、ん」

「ウィルだよ。ウィルって呼んで、美緒」

優しくて甘さも含まれているような声音に、一瞬前の恐怖がふっと薄まる。素肌の肩に触れている大きい手が怖いと思っていたけれど、いまやっとその温かさに気が付いた。

薄く涙の膜が張っているのか、ぼんやりとした視界の向こうのウィルを見上げた。

「……ウィル？」

「ねえ、僕の胸に手を当ててみて」

「え……ぁ、はい」

片手で両胸を隠しながら、そっと反対の手を伸ばした。ウィルの素肌に触れた一瞬、電気が走ったみたいに感じて思わず離してしまう。

だけど、手首を大きな手に掴《つか》まれて、そっと手のひらをウィルの胸に当てさせられた。

――どく、どく、どく、どく。

手のひらに鼓動が伝わってくる。

「……すごく、速いです」

「うん。緊張しているからね」

「ウィルが？　どうしてですか？」

女性の扱いに慣れていそうで、緊張とは無縁に見えるけれど。人を買ってこういうことをするのは初めてではないんじゃないの？

「美緒がこんな無防備な格好で僕の目の前にいるんだよ？　緊張するなというほうが難しい」

その無防備な格好にしたのは、この人自身なのに。

恨みがましい気持ちもあるけれど、それと同時に手のひらに感じる温かさと音がどこか心地いい。

「私と同じくらいの速さ……」

「ねえ、僕も美緒の心臓の音を確認していい？」

「……はい」

接触することに対する抵抗感を抑えて頷いた。

大丈夫、胸の音を確認するだけ。そう自分に言い聞かせて、ぐっと身体に力を入れる。

「ん……っ」

「確かに、すごくドキドキしているね」

「……はい」

ウィルは、胸と胸の谷間に手を差し入れるようにして肌に触れた。ウィルの手のひらが熱い。

男の人の手をこんなふうに素肌で感じたことなんてなくて、ますます緊張して鼓動が速くなる。

「美緒は僕が怖い？」

「……」

本当のことを伝えていいのか分からなくて一瞬悩んだけれど、嘘をつくこともできず小さく頷いた。困ったようでどこか傷ついたように小さく微笑まれ、なぜか私の胸がズキンと痛む。いたたまれないような気持ちになっていると、シーツと背中の間に腕を入れて身体を起こされた。

「あの……？」

「少し落ち着くまでこうしていようか」

膝の上に横向きに乗せられて、広い胸に包まれるように抱きしめられる。お互いの素肌の間に隙間がなくなる。

「これなら美緒の身体も見えないし、恥ずかしさもマシだと思うんだけど、どうかな？」

どうと聞かれても困る。

確かにここまで近づいたらあんなとこやこんなとこを見られる心配はないかもしれないけれど、服を着ていないことに変わりはないから、マシも何もない。

恥ずかしいものは恥ずかしくて、身体がぎゅっと強張《こわば》っているのが自分でも分かる。どうしよう。どうすればやめてもらえるんだろう。そもそも私に拒否する権利なんてないんだろうけれど、それでも思ってしまう。このまま何事もなく朝を迎えたいと。

ぐっとまた身体に力を入れると、何かの音が聞こえた。

――どく、どく、どく、どく。

私の心臓と同じですごく速い、ウィルの胸の音。

ふっと肩の力が抜ける。緊張しているのは自分だけではないという、妙な安心感に包まれる。

もっとよく聞きたくて、耳を胸に押し当てるようにもぞりと動いた。

ウィルが少しだけ腕の力を弛《ゆる》めたので、私はちょうどいい位置を見つけてまた胸に耳を付ける。

「美緒」

ふわりと柔らかく名前を呼ばれ、私は顔を上げた。

思ったよりもずっと近くにウィルの瞳があって、真っすぐに視線が絡む。ドクンとまた心臓が大きく鳴る。

蒼い瞳が揺れたと思ったら、頬にちゅっと音を立ててキスをされた。続けて、鼻の頭、反対の頬、前髪をそっと上げられて額《ひたい》にも。くすぐったさに状況も忘れて思わず笑ってしまう。

「少しは落ち着いた？」

こつんと額《ひたい》同士をくっつけながら問いかけられる。

落ち着いたの、かな。相変わらず指先は震えているし、逃げ出したい気持ちでいっぱいだけれど、さっきまでの目の前が真っ暗になるような恐怖はなくなった気がする。

小さく頷くと、ウィルが安心したように目を細めた。鼻の頭をすりすりとこすりつけられる。

「これから僕は色んなところにキスをするけれど、怖がらないで。美緒が平気になるまで、キス以上のことはしないようにするから」

「……っ。は、い」

これ以上「嫌だ」とは言えなかった。

そっとベッドに寝かされ、つま先が冷える。

部屋が薄暗いといってもフットライトはついているから、まったく見えないわけではない。身体を隠せるものは何もない。

「美緒、大丈夫だよ。少しずつ、僕に触れられることに慣れるところからはじめよう」

上から覆いかぶさられると、耳元で囁《ささや》かれた。そこにまたちゅっと音を立ててキスをされて、ぴくんと肩が揺れる。ちゅっ、ちゅっ……と音を立てながら、ウィルの唇が私の肌をなぞるようにおりていく。耳から首筋、鎖骨から肩。そして胸を隠している二の腕にも。

恥ずかしい場所の近くに男の人の顔があるという事実に緊張してしまう。でもウィルは気にした様子もなく唇で触れていき、指先にまでキスをされた。

ふと顔を上げたウィルと目が合う。そのまま少し下にずれたのを感じて、お腹の奥がひゅっとする。それ以上進まれると恥ずかしいところに行ってしまうのではないか——そんな不安にくらりと眩暈《めまい》がしたけれど、ウィルはもっと下まで移動し私のつま先を持ち上げた。

足の指先にもまた、ちゅっと音を立ててキスをされる。

「やっ、そんなとこ……汚いですっ」

「大丈夫だよ。どこも柔らかくて甘くてすごく可愛い」

「ひぁっ⁉」

いままでキスをするだけだったのに、突然つま先をぺろんと舐められた。一度だけではなく、何度も何度も丁寧に、まるで味わうようにねぶられる。

「やっ……ん、そんな……っ」

そんなところを舐められるなんていままで想像したこともない。だから現実感がまだないのに、舌のぬるっとした感覚は何よりもリアルだ。足の裏を舌先でつつ……と辿《たど》られて、くすぐったさに「ひゃあん！」と変な声が出た。

離してほしいのに、足首をしっかり掴《つか》まれているせいで、なす術《すべ》がない。

「舐められるのも嫌いじゃなさそうだね」

「……え？」

私の顔を見たウィルが、にっこりと笑った。薄暗い中でも確認できるとてもキレイな笑顔に、どうしてだか嫌な予感が湧き上がり、そして現実になった。

「だめ……、だめぇっ」

「美緒、可愛いね……美緒」

何度も何度も名前を呼ばれながら、少しずつ足を舐められる。

爪から、指の間、一本一本、足の裏から足首、ふくらはぎ、膝、太もも……それらを熱い舌が舐めながら上がってくる。

だめと言っているのにウィルが止まる気配はない。

舐められると背中がぞくぞくするからやめてほしいのに。ウィルの舌に熱を灯《とも》されているみたいに、身体が熱い。どんどん力が入らなくなっていく。

「ねえ……今度はここも舐めていい？」

「……は、え？」

頭がぼんやりしていたせいか、何を言われたのかよく分からなかった。

足元から上のほうに来たウィルに手首を掴《つか》まれて、そっと持ち上げられる。ふと頭のどこかで「あれ？」と疑問が湧く。

そんなふうに腕を外されたら、胸が見えてしまうのでは？

「嫌じゃなさそうだから、舐めさせてね」

「ひゃ、ああっ」

自分がどうなっているのか理解した時には、すでに両手首をシーツに押し付けられていて、胸の先をぱっくりと咥《くわ》えられていた。信じられない光景を目の当《ま》たりにしてしまい、頭の中まで熱くなる。

けれど、それ以上に何かが背中をビリビリと走る感覚に驚いた。

「ぁ、あっ！　や、なに……っ、あ、んんっ」

ウィルの舌が胸の先端を転がすように舐めるたびに声が出る。体温が上がる。

自分の中から何かが溢れていくような感覚。

逃げたくても両手首を押さえつけられているせいで、ただ受け止めることしかできない。

「ここ、気持ちいいんだね」

「……っ！」

息が止まるかと思った。何それ。私は初対面の男の人にこんな強引なことをされて、「気持ちいい」の？

「うそ……そんな、ひゃぁんっ」

「……ん。ほら見て。ここが真っ赤になっているよ」

ウィルが赤い舌を出して私の胸を舐めた。舌の赤さと変わらないくらい真っ赤になった私の胸に、フットライトの光がてらてらと反射している。卑猥《ひわい》な光景を見せられて、ぞくんとお腹の奥が震えた。

「っ！」

そんな私を見て何を思ったのか、ウィルが微笑んで手首を離してくれる。ほっと息をついた瞬間、ウィルの指先が私の足の間に入り込んだ。ぬるん、と長い指先が滑ったのが分かる。

「こっちも、準備がよさそうだね」

「ぁ、……や、や、うそ」

ウィルの顔がまたおりていくのが妙にゆっくり見えた。

太ももを抱えられると、膝を開いて立てさせられる。ウィルの目の前に私の一番恥ずかしいところが……

「だ、あっ……ひゃあぁぁっ⁉」

だめと言う前に、吸い付かれた。キレイな場所ではないのに躊躇《ちゅうちょ》なくウィルがそこに唇を付けて舌を動かす。

いままでの比ではない刺激に背中が浮いて、シーツを掴《つか》むだけで精一杯だ。

「あっ、あ……っ！　あぁんっ」

「すご……い。美緒のここ、甘くて、美味《おい》しい」

「や……っ、だめ、変……っ、変になっちゃ、んんっ」

「大丈夫だよ、気持ちいいだけ。もっと、気持ちよくなって？」

「あ、あ、あっ！　あ、それ……っ、やめて、くださ……ひぅんっ！」

じゅるる、と音を立てて吸い上げられたかと思うと、なんだかよく分からない場所を舌で転がされた。ウィルに何かをされるたび、足の間から背中を伝って頭の芯までビリビリする。

太ももをウィルの肩に乗せられるように抱えられているから、ほとんど動けない。打ち上げられた魚のようにびくびくと身体が跳ねる。

「や……っ、こわい、こわいです……っ！　変、に、なるぅ！」

「美緒、大丈夫だよ。みーお？」

なだめるように名前を呼ばれて、私は固く瞑《つぶ》っていた目を開いた。涙で滲《にじ》んだ視界にウィルの顔が映る。

舐めるのはやめてくれたけれど、代わりに指で入り口をくちゅくちゅとかき回されているので刺激は減っていない。ふるふると首を横に振ってやめてほしい意思を伝えたけれど、困ったように笑われた。

「美緒はここ、自分で触ったりしないの？」

「お、お風呂……でっ」

「身体を洗うためでなく、気持ちよくなるためだよ」

「そ……そんな、のっ。するはず、ありません……っ」

そういう行為自体は知っているけれど、自分でするはずがない。聞かれていること自体が、消えてしまいたいくらいに恥ずかしい。

だけど、ウィルは気にしてもいない様子で目を細めた。

「じゃあ、これが初めてなんだ。嬉しいな」

「……え？　ひゃうっ」

「ん、狭いけど……ぬるぬる。痛くない？」

「んっ、あ、やっ、なにっ」

身体の中に異物感がある。痛くはないけれど、苦しいというか、違和感がすごい。息をすることに精一杯になっていたら、指先で何かを押し潰されてまた身体が跳ねた。

「中に僕の指を入れたんだよ。それだけだと苦しいと思うから、ここも触るね」

「ひゃ……っ、あ、んんっ！」

「美緒は感じやすいんだね」

ちゅっとまた頬にキスをされたけれど、気にする余裕はもうなかった。ウィルの指が動くたびに、苦しさとそれを上回る刺激が頭の芯まで響いてくる。

目に溜まった涙が流れて、舌でぺろりと舐められた。それだけで、ぞくんと背中が痺《しび》れる。

「シーツから手を離して」

ぎゅっと握りしめていた手をそっと開かれた。手首を取られて、指先に音を立ててまたキスをされる。

「しがみつくなら、こっちにして」

「……あ」

ウィルの首に手を回すように促《うなが》される。反対の手も同じようにするよう視線で言われ、きゅっとしがみついた。自分から触れるのには抵抗があったけれど、ぴったりくっつけば身体を見られることはないんだと気が付き、少しだけ安心する。ただ、覆いかぶさってきたウィルに厚い胸板で自分の胸を押し潰されて、すぐに後悔した。

離れようとしたものの、私の中に入っていた指をぐちゅっと音を立てて動かされ、反射的に腕に力を入れて彼にすがりついていた。

「怖がらないで、力を抜いて？」

「んんっ……ふ、う、あぁんっ」

「そう、いい子だね」

耳元に唇を寄せられて、キスをされながら低い声でささやかれる。

聞きたくもないのに聞こえてしまう水音と、キスの音と、ウィルの声と……あられもない自分の声と。身体の中心だけでなく、耳からも何かに侵食されていくような気がした。恐怖感が、ウィルから強引に与えられる刺激に塗り潰されていく。

「すごいね。もう、僕の指が三本も入ってるよ」

「え……、んっ、あ、なん……ですか？　きゃんっ」

「ここ、気持ちいいんだね」

「あぁっ！　だめぇっ、んん……っ、あ、そこ、だめ……ですぅっ」

「声がすごく甘くなっているから、大丈夫だよ。そのままもっと気持ちよくなろうか」

「……あぁあっ」

中に入っていない指で、入り口のすぐ上にある何かを弾かれた。びくんと身体が跳ねる。自分の身体なのにコントロールができない。お腹の奥のほうに熱の塊《かたまり》を植え付けられてしまった感じがする。逃げたいのに、逃げられない。

「なんか……っ、変っ！　ウィリアムさんっ、変、なっちゃ……っ、手、やめてくださ……ひあぁんっ」

「ウィル、だよ。ウィル。ちゃんと呼んで、美緒。呼んでくれたら楽にしてあげるから」

「……っ、ウィル、……ウィル、んっあ！　うぃ、るぅっ！」

「可愛いね。美緒が初めて達するところを僕に見せて」

「ひ、あ……っ、んんんーっっ！」

耳にキスをされて、中をトントンされ、外の何かをぬるぬると弄《もてあそ》ばれる。すべてを同時にされて、お腹の中の何かが弾け飛んだ。

身体が勝手に跳ねる。どこかに飛んでいってしまいそうな恐怖感に襲われ、ウィルの首に必死にしがみつく。

ぶわぁっと痺《しび》れた感覚が一気に拡散した。

次にやってきたのはけだるさで、手も足もシーツに落ちて力が入らない。

「はぁー、ぁ、はー」

「初めてなのに上手にできたね。可愛かったよ、美緒」

「な……に？」

何を言われたのだろう。彼からの返事はなかったけれど、自分の頭がうまく働いていないせいかあまり気にならなかった。

このまま最後までされるんだろう。なんだか他人事みたいで現実感がない。

ウィルが身体を起こす。ああ、こんなことになるなんて。私はシーツを握りしめて顔を逸らし、強く目を瞑《つぶ》った。

もうどうにでもなれ。

そんな気分だったのに、与えられたのは衝撃でも痛みでもなく、ふんわりと包み込まれるような温かさ。見上げるとすぐ近くにウィルの顔があり、そのまま隣に寝転んだ彼に優しく抱きしめられていた。

「そんなに怖がらなくても、最後まではしないよ。僕に触れられるのに慣れることからはじめようと言っただろう？」

「……」

私はぼんやりとした頭のまま頷いた。肌が触れ合うことに慣れるなんてこの先も無理だと思うけれど、いまはこのままどうこうされることはないのだと安心した。

緊張の糸が弛《ゆる》んだのかもしれない。

なんだかとても眠い――

二　結婚と変化

爽《さわ》やかで甘い香りに目が覚めた。私は身体を起こして、きょろきょろと見覚えのない部屋を見回す。

ここはどこだろう。私の部屋ではないし、実家でもない。こんなに大きいベッドも大きい窓も見たことがない。

「あれ。もしかして起こしちゃった？」

「……ウィルさ、ん？」

窓から差し込む光に照らされてキラキラと輝いている金髪と蒼い瞳に、一瞬で何もかもを思い出した。

シルクらしきパジャマのズボンにガウンを羽織り、ベッドルームの入り口に立っていたウィルがむっと眉間に皺《しわ》を寄せる。

「また『さん』が付いてる」

「あ、ああ、あの、ごめんなさい。……ウィル」

「うん。おはよう、美緒」

私が言い直すと、とろりととろけそうな笑顔になったウィルが、長い脚で私の座っているベッドのほうに来る。

「起き上がって平気？　身体は辛くない？」

「ええと、はい」

「別に無理をする必要はないんだよ？」

「……身体が怠《だる》いです」

正直に言うと、昨日の夜のことが脳内に再生される。

いま目の前にいるこの男性の形のいい唇が私の全身にキスをして、大きな手が肌を撫でて胸に触れ、あの長い指が私の中に――

「美緒、顔が真っ赤だけど熱でも出た？」

ベッドに乗り上げたウィルがこつんと私のおでこに自分のそれをくっつけ、体温を計った。突然視界いっぱいに端整な顔が広がり、ますます熱が上がる。

「だ、大丈夫です！」

慌てて否定したけれど、ウィルは私の顔を覗きこみながら心配そうに眉を下げていた。

「あの、本当に、大丈夫なので」

自分が何を考えていたのかなんて言えるはずもなく、「大丈夫」と繰り返すことしかできない。

ウィルは「そう？」と一応頷くと、ベッドから下りて作り付けのクローゼットを開き、中から自分が着ているのと同じガウンを渡してくれた。

「ずっとその格好だと本当に風邪を引くし、目に毒だからね」

そんなふうに言われて自分の姿を見下ろした。昨夜ウィルに何もかも脱がされたままの身体を。

「っ！」

急いで渡されたガウンを胸に抱える。

「見ないでください！」

「昨日どこもかしこも見たのに、まだ恥ずかしいんだね」

「それとこれとは別問題なんです」

私が主張すると、くしゃくしゃと頭を撫でられた。顔を上げると、ちゅっと音を立てて頬にキスをされる。

「美緒は可愛いね。仕方がないから少しだけ部屋を出てあげる」

くすくすと笑いながらウィルが反対側の頬にまたキスをして、ベッドルームを出ていった。

もらったガウンに袖を通し、前をきつめに合わせて腰紐を結ぶ。

「美緒、もういい？」

「大丈夫です」

返事をすると、ウィルがまた部屋に入ってきた。今度はカットしたフルーツの載ったお皿とコップを手にしている。

「お腹が空いてるならどうかと思って準備したんだけど、食べられる？」

「準備って……もしかしてこれ、ウィルが切ったんですか？」

お皿の上にはマスカットやリンゴにオレンジ、イチゴ、キウイなんかが彩《いろど》りよく盛られている。

リンゴはなんとウサギ型だ。

確かに昨日この部屋に連れてこられた時に大きなキッチンがあるのは見ていたし、フルーツの載った籠《かご》も置いてあった気がする。

でも、この見るからに食事は毎食一流レストランですというようなオーラの男性が？　ホテルのルームサービスを頼むのに一秒だって躊躇《ちゅうちょ》しなさそうなのに？

わざわざ自分で準備をするなんてないだろうと思いながら聞いたのに、ウィルはなんでもないことのように頷いた。

「美緒が何を好きなのか分からなかったから、あったものを全部カットしてみたんだ。あ、でも無理に口にしなくていいよ。美緒が要らなければ僕が食べるから」

ウィルがそう言いながらベッドサイドのテーブルにお皿を置いた瞬間、くぅとお腹が鳴る。タイミングのよすぎる主張に地面に埋まりたい気持ちで俯《うつむ》いたら、肩を震わせながら笑うウィルに抱き上げられ、横向きに膝に乗せられた。

きっと重いと思って下りようとしたけれど、「だーめ」と笑顔なのに有無を言わさない迫力で微笑まれる。

「そろそろ美緒が起きるかもと思っていたのだけど、ちょうど用意できてよかったよ」

「何から何まですみません、本当に」

「いや、いいんだ。こんな時間まで起きられなかったくらい疲れていたんだろう」

こんな時間？　そういえばいまは何時なのだろう。私の疑問に答えるように、ウィルがベッドヘッドのデジタル時計を指さす。

「もうお昼過ぎだよ」

「うそ！」

デジタル時計は十三時を大幅に過ぎていた。ラスベガスに到着してから色々なことの連続で疲れきっていたせいだろう。オークションに出される前の夜は、どうなってしまうのかという恐怖で一睡もできなかったし。

それに加え、ベッドがふかふかだったことや、何かに包まれているような安心感も要因だったかもしれない。その「何か」がなんだったのかを考えると複雑な気分だけれど。

そういえば最後の食事もいつだったか。お腹も空くはずだ。

「フルーツをもらってもいいですか？」

「もちろんだよ。好きなだけ食べてほしい」

「ありがとうございます」

その前に水分を摂ったほうがいいよと言われ、コップに入れられたミネラルウォーターを手渡された。

冷たすぎずちょうどいい。喉も渇いていたようで、私は一気に飲み干した。

「美緒はこの中でどれが好きとか嫌いとかあるかな？　何を食べたい？」

「フルーツはなんでも好きですが、そうしたらイチゴを」

「OK。はいどうぞ」

「……え？」

ウィルがにこやかに微笑みながら、ヘタを取ったイチゴを大きな手で摘《つま》んで私の口元に運んだ。

当たり前のことをしていると言わんばかりの顔を見返すと、ウィルにきょとんと首を傾げられる。

「美緒が欲しいイチゴだよ。どうしたの？」

「あの、自分で食べられますが……」

「だーめ。僕が食べさせてあげたいからね。こういう時はなんて言うんだったっけ」

一瞬眉間に皺《しわ》を寄せたウィルが、小さな声を出して口角を上げた。

「はい、あーん」

雑誌の表紙を飾るモデルのような完璧な美形が私に「あーん」をしているなんて、何かの冗談のようだ。

柔らかい笑顔だけど、引く気配は感じない。それに昨日の夜は散々色んなことをされているので、今更こんなことで意地を張るのもおかしい気がする。

私が素直に口を開くと、ウィルがより一層嬉しそうに目を細めながら、口の中にイチゴを入れてくれた。

「美味《おい》しい？」

「美味《おい》しい、です」

「よかった。僕も一緒に食べていいかな？」

とても甘いイチゴを頬張りながら頷いた。フルーツはたくさんあるから私一人では食べきれない。

ウィルが瑞々《みずみず》しいキウイを摘《つま》んで一口で口内に入れる。

「ん」

口の端から零《こぼ》れた果汁をぺろりと舐め取る仕草が妖艶《ようえん》で、私は慌てて目を逸らした。

「次は何を食べる？」

「え、ええと、じゃあ今度はりんごを」

「OK」

りんごは種類が違うのか、日本のものより一回り小さい。小ぶりのうさぎの耳が可愛くて、半分だけ齧《かじ》る。

「アメリカでもうさぎの形にカットするんですね」

「いや、あんまりやらないんじゃないかな」

「え、でも」

お皿に残っているりんごにも、白い身体に赤い耳が付いている。小さい頃にお母さんがりんごを切ってくれる時には必ずこうしてくれていたのが懐かしい。

「前に、日本ではこうカットするって教えてもらったんだ」

言いながら、ウィルは残った分を躊躇《ちゅうちょ》なくぱくんと自分の口の中に放り込んでしまう。

「そ、それ、私の食べかけ……」

「欲しいならまだたくさんあるよ」

「……そういう意味では」

ないのだけど、と言ってても理解してもらえなさそうだ。

なんだか調子が狂う。

この人は私をお金で買ったはず。その証拠に昨日の夜、会ってすぐにベッドに連れ込まれたのに、どうして恐ろしさや嫌悪感がないのだろう。それどころかいまのこの状況は、恋人同士のようだ。

この人がただ単純に「恋人気分」を味わいたいだけなら相手には困らないだろうし、一億円も払って私を買う必要がない。

本当は何が目的で、何をしたいんだろう。

「このあと、美緒が歩けそうだったらホテルのレストランに行こうか。フルーツだけでは足りないだろうから、きちんとランチを食べに行こう？」

「はい」

「うちのレストランはすごく美味《おい》しいから期待していて」

私の口と自分の口、交互にフルーツを運んでいくウィルをそっと見つめた。いつの間にかシャワーでも浴びていたのか、長めの前髪を下ろしている顔は、整っていながらも少しだけ親しみやすい気がする。そんなふうに考えて、「親しみ」とはなんだろうと首をひねった。

私たちの間にそんなものはないはずなのに。

でも、なぜかいまのこの時間はくすぐったいような、甘いような気がするから不思議だ。

「ランチを食べたらそのまま役所に行って、結婚証明書を作成しようね」

「っ!?」

突然落とされた爆弾に、私は食べていたマスカットを喉に詰まらせそうになった。

◇◇◇

「ラスベガスでは役所で結婚許可証というものをもらい、牧師立ち合いのもとで宣誓すると結婚できるんだ。牧師や立ち合い人のサイン済みの結婚許可証を役所に提出すると、結婚証明書をもらえる。他の州だと血液検査や待機期間を必要とするところもあるんだけど、ラスベガスのあるネバタ州はアメリカでも手続きが簡単なことで有名でね。外国人でも、思い立ったら即日結婚できる。ラスベガスでは結婚も一大ビジネスなんだよ」

昨夜と同じリムジンの中で、私は一枚の用紙を呆然と眺めていた。

ウィルが説明してくれるけれど、どれも私の頭の中をすり抜けていく。

「さっき言った牧師立ち合いのもとでの宣誓というのがメジャーなんだけど、そもそも美緒はクリスチャンじゃないだろう？　さらに手続きを簡易にしたのが民事婚と言って、僕らがした方法。これなら役所の中だけで完結して、すぐに結婚証明書を発行してもらえる。もちろん外国でも有効だし、三か月以内に日本国内で手続きをしないと罰金を取られるから気を付けようね」

手の中の用紙には「Marriage Certificate」と書いてある。つまり、ウィルの説明にあった「結婚証明書」だ。

ウィルに役所に連れられ、説明されるままに書類に記入をして、一時間もかからない簡単な手続きのみで――西村美緒、ラスベガスに旅行に来て三日目、自分を買った人と結婚してしまいました。

「どうしたの、美緒。ずっと証明書を見つめているけれど、感動している？」

「……違います」

リムジンの車内は広いのにぴったりとくっついて座るウィルに、私は躊躇《ためら》いながら否定する。

取り上げられていた私の手荷物も、自分で取ったホテルに置きっぱなしだったトランクも、起きたらベッドルームの外にまとめて置かれていた。

ウィルは「ないと困るよね」と微笑んでいたけれど、いつの間に取りに行ったのだろう。

手荷物の鞄《かばん》の中には宿泊予定だったホテルのルームキーが入っていたから、トランクを持ってくるのは簡単だったかもしれない。けれど昨日の夜からずっと一緒にいたのに。

とりあえず、スマートフォンやパスポートが戻ってきたのは本当に助かった。

手元に戻ってきたスマートフォンでこの国の結婚について簡単に調べたところ、伝えられた内容に嘘や間違いはなく、この結婚証明書は本当に日本でも有効らしい。

私は遊びや冗談ではなく、ウィルと夫婦になってしまったのだ。

こんなのお父さんとお母さんになんて説明すればいいのか分からないし、本当のことを話したら卒倒してしまう気がする。

「ちょっと、自分の身に起こっていることに理解が追い付かなくて」

眩暈《めまい》がしそうな思いを必死に呑み込んで言うと、ウィルにグラスを手渡された。

お礼を伝えて一口飲むと中身は冷たいミルクティーで、ほんのりとした甘さがちょうどよくて一気に飲み干す。

美味《おい》しい。

こんなミルクティーがすぐに出てくるなんて、このリムジンの車内は本当にどうなっているのだろう。

いかにもお酒しかなさそうな空間なのに、ソフトドリンクもあるのはありがたい。初日の夜にバーで飲み慣れないアルコールを口にしなかったら、変に気が大きくなることもなく、素直にホテルに帰っていたかもしれない。お酒はもういいという気分だ。

ウィルを見ると、ミネラルウォーターのペットボトルに直接口を付けていた。見た目が上品な紳士のウィルがワイルドな仕草をすると、思わず視線が吸い寄せられる。

「あの……ウィルはなんで私と結婚したんですか？」

「ん？　そんなの決まってるじゃないか、美緒を愛しているからだよ」

「えっ⁉」

私が驚いて声を上げると、ウィルが笑った。思い切って聞いたのに、愛しているなんてあり得ない。昨日初めて会ったし、気持ちが膨らむだけの時間も経っていない。それともこの人にとっての「愛」と私の「愛」は違うのだろうか。

人をお金でやり取りするような世界にいるのだから、その可能性も十分にあり得る。

「ごめん」

どうしようと思っていたら、ウィルに頭を下げられた。

「美緒の反応が素直で可愛いから、少しからかっちゃった」

「え？」

「結婚してほしいのは、ビジネスだよ」

「ビジ……ネス？」

わけが分からなくて繰り返すと、ウィルが頷いて続ける。

「今度とても重要な取引先との食事会があるんだ。その相手が大変な愛妻家で有名な方でね」

「はい」

それが私にとってなんの関係があるのかと首を傾げながら、相槌《あいづち》をうつ。

「食事会にはパートナーを連れて行かなきゃいけないルールがあるのだけれど、僕は長い間フリーで結婚しようにも相手がいないんだ」

「だから……私を？」

「そう」

「ウィルなら、捜せばいくらでも見つかると思うんですけど……」

ため息が出そうなほどの美形で、スタイルもよくて、相当な資産家だ。しかも私にまで気遣いをしてくれる精神的な余裕もある。そこら辺を歩く女性を捕まえて声をかけても、すぐに引き受けてもらえそうなのに。

「嘘はバレた時のリスクが大きいからね、本当に結婚しなきゃいけない。下手な相手は巻き込めないよ」

「……なるほど」

だから私を「買った」んだ。そうすれば有無を言わさずに結婚できるし、その食事会が終わればあとくされなく簡単に捨てられるから。「愛している」よりよっぽど明快だ。

ふと目を落とすと、結婚証明書に皺《しわ》が寄っている。緊張のあまり私の指に変な力が入っていたせいだ。意識して身体から余計な力を抜く。

つまり求められているのは、その食事会でパートナーのふりをすること。そのために一億円以上を払って本当に結婚してしまうなんて私には信じられない。けれど、泊まったホテルもこのリムジンの車内も別世界。根本的に金銭感覚が違うだろうし、私の知らない世界ではもしかしたらそんなに驚くようなことではないのかもしれない。

どんなひどいことをされるんだろうと想像した数々に比べたら、ずっとマシなはずだ。

「分かりました。その食事会はいつでしょうか？」

「いまのところは一か月後だけど、場合によっては延びる可能性もある」

「なら、一か月後にここに来ればいいですか？」

また片道十時間以上かけてくるのは大変だけど、それくらいで文句を言ったらばちが当たる。そのつもりで聞いたのに、返されたのは予想外の言葉だった。

「いや、美緒にはずっとラスベガスにいてもらう」

「一か月も!?　そんな、無理ですっ。会社の休みは八日しか取っていませんし、突然一か月もお休みしたらみんなに迷惑がかかります。入社して二年でそんなことをしたらクビになってしまうかもっ」

「その点については、僕が美緒の会社と直接交渉したから大丈夫だよ」

「交渉した？」

過去形で言われたことが引っかかる。

「昨日の夜、美緒が寝たあとに会社に電話をしたんだ。美緒を休ませる代わりに迷惑料は払うし、必要なら人を派遣するとね。快《こころよ》く承諾してもらえたよ」

ラスベガスと日本の時差を考えると、こちらの深夜が向こうの夕方だ。お財布の中には社員証を入れっぱなしだったから、勤め先が知られていても不思議はない。

それにしても行動力がありすぎるというか……

「そんなことまでしなくても、逃げたりなんてしません」

信頼のない関係だから、私が日本に帰ったままこちらに来ないということを懸念しているのは想像がつくけれど。

私の言葉にウィルがきょとんと蒼い瞳を丸くした。

「そんな心配をしているんじゃないよ？」

「だったらどうして」

「僕たちは夫婦として食事会に行くんだって、分かっているのかな」

「も、もちろんです」

突然ずいっと顔を覗きこまれて、身体を引いてしまった。ソファのような車のシートに背中が付く。そのせいか、いままでほとんど振動を感じなかった車体が停車したのが伝わった。信号に引っかかったのだろう。

車内の窓はすべて真っ黒のスモークが貼られていて、外の様子が見えないようになっている。運転席との間も仕切られていて、小窓一つない。ドライバーとのやり取りもインターホンだ。

二人きりの密室だと言っていい。

「ほら、その反応だよ。夫婦がこれくらいの距離で緊張はしないだろう？　これでは結婚をした意味がなくなってしまう」

「……あ、ごめんなさい」

嘘はよくないと言われたばかりだ。

「つまり一か月で、本物の夫婦にならないといけないということですか？」

「そういうこと」

頷いたウィルの顔がもっと近くなったかと思うと、頬に唇が触れて音を立てた。瞬間的にぎゅっと目を瞑《つぶ》ってしまった私に、柔らかな笑い声がかかる。

「逐一《ちくいち》反応してくれるところも可愛いけれど、キスもハグもそれ以上の触れ合いも、早く慣れるように頑張ろうね」

「……っ！」

昨夜のことを言われて、顔から火が出るほど熱くなる。あんなのに慣れる日なんて一生来ないと思う。

「わ、私じゃないほうがいいと思います」

「なんで?」

「だって分不相応というか、ウィルの隣に立つ女性はもっとキレイでないと説得力がないというか……」

「僕はパートナーの容姿なんて気にしたことはないけれど……美緒はこんなに可愛いのに自分に自信がないの?」

「……っ」

図星を突かれて、反射的に自分の髪を押さえた。

ふわふわ広がる天パの髪も手に負えないし、この歳になってもお化粧だってうまくできない。

別に自分のことを嫌いなわけではない。けれど外見に自信があるかと聞かれると、何も言えなくなる。

そういうつもりで言ったわけではなかったのに、なんだか気まずい。

「ふーん、分かった。ちょっと待っててね」

そう言ってポケットからスマートフォンを取り出してどこかに電話をかけるウィルを、私はただ見つめていた。

◇◇◇

鏡の中の自分が自分じゃないように見える。

アイラインとマスカラで縁取られた目はぱっちりまん丸で、ふんわり頬にのせられたピンク色のチークのおかげで顔が明るくなった。リップもぷっくりツヤツヤで可愛い色だ。

何よりふわっふわに広がっていた天パの髪が、どんな魔法を使ってカットされたのか、長さはほとんど変わっていないのに「ゆるふわパーマ」になっている。

すごい。

『東洋人らしい可愛らしさを損なわないようにしてみたのだけど、どうかしら?』

『とっても素敵です！　ありがとうございますっ』

そう言って、私は急だったのに快《こころよ》くヘアメイクを担当してくれたサロンのスタイリストさんを振り返った。女性のスタイリストさんは、意思の強そうな瞳でパチンとキレイなウィンクをしてくれる。

『あのローランド様が初めて連れて来た女性だもの。とってもおきに仕上げなくちゃって、腕が鳴ったわ』

ウィルが車の中で電話をしていたのは、このスタイリストさんの予約をするためだったらしい。とても人気でハリウッド女優のヘアメイクを担当することもあるくらいすごい人だと、教えてもらった。スタイリストさん自身も、『本来は当日に飛び込みの仕事は受け付けていないけれど、ローランド様の頼みなら引き受けないわけにはいかないもの』と雑談の合間に言っていた。

聞けば、顔の広いウィルのツテでハリウッドの仕事をもらえたらしい。スタイリストさんの実力はもちろん、そんな繋《つな》がりがあるウィルもすごい。

『あ、噂をすれば、ローランド様のお戻りよ』

スタイリストさんに促《うなが》されて振り返ると、電話をしながらサロンの扉をくぐったウィルと目が合った。

私の顔を見た瞬間に、ウィルが固まる。

『……ウィル？』

『あら、こんなローランド様は初めて見たわ。どうも貴女が素敵すぎて驚いたみたいね』

『え？』

慌てたように電話を切ったウィルが長い脚で店内を横切ってくる。

本当に私を見て驚いているの？　だって、美人で魅力的なハリウッド女優に見慣れているんじゃないの？　そんな人が今更私に？

そう思っていると、ウィルに強い力で抱きしめられた。

「すっごく可愛い。もちろんさっきまでも可愛かったけれど、いまはもっと可愛いよ」

「え、ちょ、ウィル」

ここはお店の中で、他にも人がいるのに。アメリカ流のコミュニケーションについていけなくて焦っていると、後ろからため息が聞こえた。

『ローランド様、喜んでいただけるのは私も嬉しいけれど、そんなふうに抱きしめるとメイクが落ちてしまうわ』

『あ、そうか』

腕の力が弛《ゆる》んで解放され、私はほっと息を吐いた。耳まで熱いし、心臓の音がうるさい。そんな私の顔をウィルが覗きこんできて、うっとりと目を細めた。

「美緒、本当に可愛いよ」

「ありがとうございます」

まっすぐな蒼い瞳は嘘をついているようには見えず、私は緊張しながらも素直にお礼を言うことができた。自分でも驚きの変身だと思ったから、褒めてもらえるのはすごく嬉しい。

なんだか自信をもらえた気がして、私はスタイリストさんを振り返った。

『あの、できれば自分でメイクをできるようになりたいので、教えてもらえませんか？』

『もちろんいいわよ』

『そうしたらすべて僕が買うから、美緒に必要なものを一通り揃えてもらえるかい？』

『そんな！　自分でちゃんと支払いますから！』

申し訳なさすぎてウィルの提案を断ると、お腹に手を回され腕の中に閉じ込められた。

耳にちゅっと音を立ててキスをされ、低くて優しい声で囁《ささや》かれる。

「いいんだ。僕が大切な奥さんに買ってあげたいだけ。メイクを教わったら今度は服を見に行こうか。全身を僕にコーディネートさせてよ」

ウィルに引っ張られるように連れて行かれたのは、ストリップ通りの中心にあるショッピングモールだった。中には、自分一人だったら絶対に寄らなかっただろう高級ブランドショップばかりが並んでいる。

ウィルは気負ったところも、すれ違う女性の視線を気にした様子もなく、笑顔で私を見ながら歩いていく。こんな格好いい人と並んだことなんてないから、そわそわして落ち着かない。しかもウィルは私の手を握って離してくれないので、なおさらだ。

導かれるままショップの一つに入り、さっそくワンピースを身体にあてられた。

「このワンピースが似合いそう。スカートもいいね。あ、このトップスを着ている美緒を見てみたいな。ほらこの靴もぴったりじゃない？　バッグはいくらあっても困らないよね。色違いとサイズ違いがあると使い分けできる？　いっそのこと全部買ってしまおうか。アクセサリーはあとでジュエリーショップに行こう」

「ちょ、ちょっと待って、ウィル」

色んなショップに入っては次々と躊躇《ちゅうちょ》なく購入していくウィルに、悲鳴を上げるようにストップをかけた。

会計の時に『荷物はあとで別の者に引き取りに来させる』と言って預かってもらっているから手荷物は全然ないけれど、なんだかものすごい量の服やら靴やらを買っている気がする。

いや、「気がする」などというレベルではなく、実際に購入している。開封したら私の部屋の狭いクローゼットも靴箱も、中身を全部入れ替えても溢れてしまいそう。

遠慮しても「美緒に似合っているから買わせて」と押し切られてしまったけれど、やっぱりどう考えてもやりすぎだ。

「疲れたかな？」

「はい。あの、ちょっとだけ休んでいいですか？」

「もちろんだよ。気が付かなくてごめんね、美緒とのショッピングが楽しすぎて……」

いま身につけている私のワンピースも靴もショールも、全部ここで買ってもらったもの。ウィルに促《うなが》されるまま試着していたら、そのまま購入してしまった。自分の全身が高級ブランドに包まれているなんて落ち着かないけれど、ウィルが嬉しそうに「すごく似合っている。可愛いよ」と褒めてくれるから、つい。

私たちは、ショッピングモール内にあったベンチに腰掛けた。

少し待っていてと言われて頷くと、ウィルが早足で離れる。どうしたんだろうとぼんやりしていたら、戻ってきたウィルにミネラルウォーターのペットボトルを手渡された。

「ありがとうございます」

お礼を伝えて受け取り、口を付けるとごくごく飲んだ。かなり喉が渇いていたみたいだ。そういえば朝もお昼過ぎのリムジンでも、私が自覚する前に飲み物を手渡してくれた。

とても気の付く優しい人なんだ。

「こんなことさせてしまってすみません」

「こんなこと？」

「わざわざ飲み物を買いに行かせてしまうとか」

一緒に買ってきた自分の分の水を飲んだウィルが、私を見て笑った。

「気にしないで。僕が美緒にしてあげたいだけだし、ショッピングに付き合わせてしまったからね」

「ありがとうございます」

もう一度頭を下げると、ウィルのスーツのポケットから音がした。

取り出したスマートフォンの画面を見て、ウィルが「ごめん、ちょっと出るね」と謝罪する。大丈夫ですと返した私は、声が聞こえないくらいに離れて電話をするウィルの背中を見た。

どうしてこんなに色々してくれるのだろう。自分がとても気を使ってもらっているのが分かる。

ウィルは何もかもがスマートで、ぼんやりしているとエスコートされていること自体も忘れてしまうほどだ。レディファーストが染みついていて、ドアは必ず開けてくれるし、車に乗るのも私が先。歩くペースも合わせてくれている。

買い物もお金を払うのは強引だったけれど、私が少しでも好みではないと感じたものは何かを言う前に察し、「あっちのほうがよさそうだね」と他のものを提案してくれた。

途中からは、ピンポイントに素敵だと思うものばかりを渡された。いつもなら手に取らないような洋服も勧められたけれど、言われるままに試着してみたら自分でも驚くほどぴったりだった。

多分、とてもよく観察されている。

でもそれは嫌な気持ちになる類《たぐい》のものではなくて、「知ろうとしてくれている」という感覚に近くてくすぐったい。

そこまで考えて、どうしてここまでしてくれるんだろうという、同じ疑問にまた戻る。

ヘアメイクは、自分の隣に立つ女性のランクを上げるためだと理解できる。でも食事会の日を乗り切るためだと言うのなら、服は一着あれば十分。一か月もの間、毎日新しい服に袖を通しても余るくらいの量は不要だ。

買い物をするのが趣味なのかもしれないけれど、ウィルは自分のものはまったく買おうとしなかった。

そもそもなぜここまで私に時間を割いてくれるのだろう。私の外見を変えるだけなら専門家に頼めばいいはずで、自分がやる必要はない。

ウィルが忙しそうなのは一緒にいるだけで伝わってくる。電話が鳴るのもこれが初めてではないし、私がサロンにいた間も、そこまで長い時間ではなかったけれど仕事をしていたようだった。

ホテルをいくつも経営していると言っていたし、暇だとは思えない。

「ごめんね、美緒。いま、ずっと仕掛かっていたことの大詰め段階でバタバタしていて。これが終わったら落ち着くから」

私は、電話を終えて戻ってきたウィルをじっと見上げた。その視線に応えるように微笑む彼に、問いかける。

「どうしてウィルは私によくしてくれるんですか？」

最初にいい思いをさせて、あとからとんでもない要求を突き付けるというのは騙《だま》す時の常套《じょうとう》手段だけれど、ウィルにそんな裏があるようには見えない。つい一昨日騙《だま》されたばかりの私が言うのもおかしいかもしれないが、そういう悪意とは違う気がする。

それとも私がそう思いたいだけなのかな？

そんなことをぐるぐる考えていると、ウィルが困ったように笑った。

『――――――――』

「え、何？」

ウィルが早口の英語で何かを言ったけれど、うまくリスニングできなかった。聞き返しても「なんでもないよ」とはぐらかされる。

「ねえ、それよりも、美緒はまだラスベガスを満喫していないだろう？」

「あ、はい」

ちなみに、到着してすぐに騙《だま》されてしまったことはすでに伝えている。ウィルは私に声をかけた男性に対して真剣に怒りを感じてくれ、同時に改めて「美緒も気を付けなきゃだめだよ！」と叱られてしまった。そういう経緯の上で、ウィルは私とこうしているのだけど……

今日の午前中は寝ていて潰れてしまったし、午後も役所とサロンとこのショッピングモールにしか来ていない。「ラスベガスを満喫」には程遠い気がする。

すると、ウィルは私の手を引いて立ち上がらせた。

「それじゃあショーを見に行こうよ。ラスベガスのショーはどれも素晴らしいからね」

そう言って楽しそうに微笑むウィルに、つられて私も笑っていた。

ショーをしているというのは、ストリップ通りに面したホテルだ。ホテルというより複合商業施設と言ったほうがよさそうなくらい広い。ウィルのホテルもそうだけど、アメリカにいるとサイズ感が日本とあまりにも違って眩暈《めまい》がする。

大きな建物の中にある劇場のエントランスには大きな竜がいた。入り口からすでに世界観が作られていて、ドキドキしてしまう。時間に余裕をもって来たおかげで、ゆっくりと雰囲気を味わうことができた。

けれど手を引かれながら劇場内に入ると、足が固まった。突然立ち止まってしまったせいで後ろの人にぶつかってしまう。

『あ、ごめんなさい』

「美緒？」

ウィルが振り向いて、そっと通路脇に導いてくれる。すぐ横を迷惑そうな顔をした人が通りすぎた。

「ごめんなさい、なんでもありません」

「なんでもないという顔をしていないよ。どうしたの？」

背の高い彼が腰を曲げて私と目を合わせる。そんな気遣いに申し訳なさが先に立ち、誤魔化すように笑みを浮かべた。

「劇場のすごさにびっくりしてしまっただけです」

「……美緒」

ウィルに両手をきゅっと握られた。指先が冷えていたせいか、ぬくもりが心地よい。

「僕たちは夫婦になったんだから、遠慮も隠しごともなしでいきたい」

「……」

ウィルの澄んだ瞳は本気で私を案じてくれているようで、心が痛む。確かに実態はどうであれ夫婦になったのだし、遠慮していたら肝心な時に偽物だってバレかねない。それはよくないのだけど、口にしていいものか……。

「ここの、座席が」

「座席？」

「……はい。地下の、例の場所に似ていて」

回りくどい言い方でも通じたらしい。はっとした表情のウィルを見て、思わず俯《うつむ》いてしまう。

扇形で階段状に下がっていく座席、中央のステージ。規模はこちらのほうがずっと大きいのだけど、私が売られた場所に構造が似ている。もちろん同じような造りの施設なんていくらでもある。分かっていても、嫌な記憶が結びついて勝手に引き出されてしまう。

「僕の配慮が足りなかったよ、ごめんね。帰ろう」

「え、そんな。せっかくチケットを取ってくれたのに」

「チケットより美緒のほうが大切だよ」

そうは言うけれど、人気があるショーのチケットが入手し辛いことは私も知っている。しかも当日になんて。

入り口からは次々と期待に表情を輝かせた人たちが入ってきて、それぞれの座席に座っている。

「私も誘ってもらえて嬉しかったですし、見てみたかったんです」

飛行機の中でラスベガスの情報を調べながら期待していたことの一つだった。けれど気持ちとは裏腹に、足は根が生えてしまったように動いてくれない。

どうしようと思っていると、力の入った手のひらを優しくほどかれて指先を絡ませられた。

「じゃあさ、こうしてずっと僕と手を繋《つな》いでいようか。美緒はもう一人じゃないから、怖くないよ」

優しく微笑まれて、素直にこくんと頷けた。しっかりと指の先まで密着した状態で、階段を下りる人の流れに合流する。

先に歩くウィルの背だけを目で追いながら一歩一歩進んでいく。

「ここの席だよ」

「ありがとうございます」

前方の中央の席に腰を下ろしてぐるりと見回すと、あの地下のステージとはまったく違っていた。白く無機質でライトの光ばかりが強かったあそこと違って、エントランスで受けたイメージ通りここは「別世界」だ。これからのショーに没入するための特別な空間。

「ここは火をメインにした、ストーリー仕立てのショーなんだよ。美緒は問題ないかもしれないけれど、セリフはないから英語ができなくても楽しめるんだ」

日常会話ならともかく、演劇のような特殊な発声や単語だと聞き取れないことが多そうだから、助かるかも。とはいえ、ラスベガスが観光地で世界各国から人が来るといっても、すべてのショーが同様の構成をしているわけではないだろう。きっとウィルが配慮して選んでくれたのだ。

この劇場に来てからも、ショッピングモールの時のようにちらちらと視線を感じる。単純にウィルが人目を引くほど格好いいだけかもしれないし、雑誌の表紙を飾るほどの有名人だからかもしれない。

そんな目立つ彼だからこそ、これはパフォーマンスなのだろう。重要な仕事のために「結婚相手を大切にしている」というアピール。それでも、握られたままの手のひらのぬくもりは確かだ。

ショーがはじまると、色々な考えはすぐに消えた。目まぐるしく動く舞台、次々に信じられないような動きをする演者さん、迫力の演出。すべてが一分《いちぶ》の隙もなく完成されていて、見ているだけで呑み込まれてしまいそうになる。

終わった瞬間にはスタンディングオベーションで劇場内が満たされた。感動したのは私だけではなかったようで、あちこちで「ブラボー!」「エクセレント!」と声が上がっている。

熱気に興奮しながら隣を見ると、ウィルと目が合った。拍手をしながらにこりと笑い合う。彼も感動しているのが伝わってくる。

これが「ラスベガス」なんだ。

◇◇◇

身動きができなくて目が覚めた。何かに身体を拘束されていて起きることができない。どうにかこうにか腕を突っ張って見上げると、すぐ上に人の顔があった。

「ウィル？」

『……美緒？　もう起きたの？』

寝ぼけているのか英語だ。

日本語があまりに上手で違和感がないせいで忘れそうになるけれど、ウィルは英語が母国語の人なのだ。少しだけ別人のように感じる。

そもそも、私はウィルのことを何も知らない。

ビジネスの関係のはずが、切ないような寂しいような気持ちになっていると、腕が伸びてきて抱きしめられた。せっかく抜け出せたのに、また元通りだ。

ウィルの広くて厚い胸板に顔を押し付けられ、息が苦しくてどうにか離れられないかともぞもぞする。

『んー、美緒……？　ねえ、まだ暗いよ。もう少し眠ろうよ』

『寝るので、少しだけ離してください』

『だーめ。だって美緒の身体は柔らかくて温かいからね。こうしているとすごく気持ちがいい』

『……っ』

昨日ショーを見て食事をしてホテルに帰ってきたあと、当然のようにベッドに連れ込まれた。

「抱きしめるだけだよ」と言うウィルに緊張していたはずなのに、いつの間に眠ってしまったのだろう。

人と同じベッドに入るなんて子供の頃以来だ。ましてやこんなことを言われたら、落ち着かなくてもう一度目を瞑《つぶ》るなんてできる気がしない。頭の上ですぅすぅと静かな寝息を立てはじめたウィルの腕をなんとか外して、身体を起こした。

なんだか変な汗をかいた気がする。シャワーを浴びたい。

ホテルの最上階のロイヤルスイートは、普通のビジネスホテルとは異なりいくつも部屋があり、まるでマンションのように広い。だからこんな時間に浴室を使用しても、音でウィルを起こしてしまうことはないだろう。

静かにベッドから下りようとしたらまた腕が伸びてきて、瞬《まばた》きの間にウィルに押し倒されていた。

『どこに行くの、美緒』

真剣な顔のウィルに見下ろされて、どきっと心臓が鳴る。いつも柔らかく細められている瞳に真っすぐ、怖いくらいに射貫《いぬ》かれる。

『シャワーを浴びに行こうと思って……』

『……シャワー？』

私の返事にウィルがきょとんと瞬《まばた》きをした。それだけで緊張した雰囲気がなくなり、いつもの表情になる。

「いつもの」なんて言えるほどこの人のことを知ってるわけではないけれど。

『あれ……？』

長めの前髪をかき上げながら、ウィルが部屋を見回した。

「ごめん。少し寝ぼけていたみたいだ」

「いえ、あの、大丈夫です」

日本語に切り替えたウィルが、大きなため息をついて苦笑いを浮かべる。

「ごめんね。美緒がいなくなってしまう夢を見ていて……本当に美緒がベッドから出ていこうとしていたから、焦っちゃった」

大きな手で頬を撫でられて顔が近づいてくる。

キス、される？

そんな予感にぎゅっと目を瞑《つぶ》った。

ウィルにはどこもかしこも見られてしまったけれど、唇同士でのキスはまだだ。もしかしていまされるのかなと思ったけれど、違った。

おでこにリップ音とともに柔らかい感触がしただけで、ウィルが離れて行った気配に目を開く。

「シャワーよりお風呂のほうがいいよね。お湯を溜めてくるから待っていて」

そう言って、ウィルがベッドルームを出て行く。

私は起き上がって開けっ放しのドアを見つめた。胸を押さえると、手のひらに大きすぎる音が伝わってくる。

耳が熱い。

――私、いまキスをされてもいいと思った？

ちゃぷんとお湯の音がする。

「美緒、もっと僕に寄り掛かっても大丈夫だよ?」

「そ、そんなこと言われても」

ロイヤルスイートのバスルームは広い。

円形のバスタブも大人が何人も同時に入れそうなくらい広々としているのに、どうして私はウィルに抱きかかえられてるのだろう。

背中に感じるウィルの素肌にくらくらする。お腹に腕が回されていて落ち着かない。何よりウィルがすぐ耳元で喋《しゃべ》るから、緊張して身体ががちがちだ。

「もっと僕に慣れてくれないと困るなぁ」

「努力はしているつもりなんですけども」

欧米人のスキンシップがこんなに激しかったなんて。いままでたくさんの本を読んできたけれど、読むのと体験するのとではまったく違う。

「日本人はお風呂で裸の付き合いをするのが文化なのに、美緒は照れ屋だね」

「それは……確かに温泉とかはみんなで入りますけど」

とはいえ、男女は分かれているのが普通だし、もちろん混浴の経験はない。

そう反論しようとしたら、ちゅっと音を立てて耳にキスをされた。身体が跳ねてお湯がぱしゃんと音を立てる。

「……やぁ」

お腹の奥のほうに甘い刺激が響いた気がして、ぎゅっと自分の身体を抱きしめた。

「それとも美緒は、僕にこうして触られるのは嫌い？」

「え？」

「気持ち悪いとか……」

振り向くと、ウィルが「えーっと、なんて言うんだっけ」と眉間に皺《しわ》を寄せる。

「あ、セイリテキケンオカンだ」

生理的嫌悪感？　珍しく棒読みで言われた単語を頭の中で変換する。

ウィルはどうしてこんな単語を知っているのだろう。ラスベガスにいながらにして、この語彙力《ごいりょく》。発音もキレイだし。自分の英語力が恥ずかしくなってしまいそうだ。

「美緒は僕に触れられるのは嫌？　セイリテキケンオカンがある？」

「それ、は……」

言われて初めて、「気持ち悪い」とは感じたことがないと気付いた。嫌とは思うけれど、それはウィルの言うような嫌悪感ではない。

「ええと、あの」

どう伝えればいいのか分からないでいると、「焦らなくていいよ」とお湯で濡れて頬に貼りついていた髪をそっとよけられた。私は一度だけ深呼吸をして、口を開く。

「少しだけ、嫌です」

「……そうか。ごめんね」

「ごめんなさい、そうじゃなくて」

小さく微笑んだウィルの腕の力が弛《ゆる》んだ気がして、傷つけてしまったかもしれないと慌てて否定した。言いたかったのはそういうことではなかったのに、自分の気持ちもきちんと理解しきれていないようでもどかしい。

「生理的に気持ち悪いとかそういうことではなくて、何もかもいきなりで、心が追い付かないというか」

ウィルに言われたことは理解しているつもりだ。きちんと夫婦に見えるように頑張らなきゃと思うけれど、そんな簡単にはできない。

「恥ずかしい？」

「……はい」

告白して付き合い、手を繋《つな》いでキスをする。そういう過程をすべて飛ばしてこんなふうに明るい浴室で肌を触れ合わせるなんて、考えたこともなかった。事実は小説より奇なりとはよく言うけれど、あまりにも急すぎる。

「じゃあ美緒は、こうして触れることそのものが嫌なわけじゃないんだね」

「ひゃうっ」

ぎゅむっと、お湯すら入らないくらい隙間なく強く抱きしめられ、変な声が浴室に響いた。ウィルのどこか弾んだ、熱いくらいの吐息が耳に直接かかる。

「ま、待ってっ」

「ねえ、美緒の気持ちをもっと教えて。こうやって抱きしめられた時は、どんなふうに感じているの？」

「どんなって……。な、なんか、心臓が壊れてしまうんじゃないかなというくらい、ドキドキします」

「他には？」

「恥ずかしくてどこかに隠れてしまいたいです。あと少しだけ、怖い」

「怖い？」

「自分が自分でなくなってしまいそうで……」

地味で平坦で特別なことなんて何も起こらなかった人生が、ラスベガスに来てから驚きの連続だ。ウィルと一緒にいるとそれがより一層顕著《けんちょ》で、気持ちが休む暇がない。

「ウィルが耳元で喋《しゃべ》るとそわそわするとか、スーツの上からだとそんなでもなさそうなのに意外に胸板が厚くて硬いんだなとか、男の人の手は思っていたよりずっと大きくて、繋《つな》ぐと私の手がすっぽり包まれてしまうんだな、とか……。いままでそんなこと考えたこともなかったのに」

私にとって友達や家族、会社の人以外の交流は本の中の世界だった。文字と想像で構成されていたそれが、いきなり熱や匂い、質感など圧倒されるほどの情報量で勢いよく迫ってきて、抱えきれない。

ウィルの要望に応えるというのは、その情報の渦《うず》に飛び込むということ。ショーを見たり本を読んだりするのとは違い、傍観者ではいられない。

それは私にとっては次元の異なることで、こうして少し体験しただけで眩暈《めまい》がしそうなのに、これ以上なんてどうなってしまうのか。

そんなことをどうにか言葉にして伝えたら、ウィルが「うん」と頷いた。その短い返事がどうも気になって、ウィルの腕の中から抜け出して顔を見上げた。

「……どうしてそんなに嬉しそうなんですか？」

いつも笑顔で優しい人だけど、特に口角が上がっているように見える。ウィルが私の頬に触れながら、目を細めた。

「美緒が自分について話してくれること、それを知れることが嬉しいんだ」

「え」

私のことを知れるというだけで、そんな表情になるの？　まるで本当に愛している相手を見るような……

「大丈夫だよ。一昨日の夜だって恥ずかしいことはしたかもしれないけれど、それだけだっただろう？」

「はい」

「僕は美緒を知りたくて、僕のことも知ってほしいだけなんだ。嫌かな？」

「そういう意味では嫌では……ないですけど」

手を取られて胸のあたりに導かれる。ウィルの皮膚の下、ドクドクと速い鼓動を手のひらで感じる。ふいにあの夜のことを思い出してしまってくらくらした。こうしているだけで、お湯のせいではなくのぼせてしまいそう。

私は、そっと手を離し、勇気を出して口を開いた。

「もっとゆっくりに、してほしいです」

そんなわがままを言ったら機嫌を損ねるかもしれない。けれど、意外にもあっさりと頷いてもらえた。

「分かった。もう少し美緒のペースに合わせるように努力する」

「……いいん、ですか？」

結局は彼の思う通りになってしまうんだろうなと思ったのに。そんな失礼なことを考えていた私に、ウィルはパチンと軽いウィンクをしてくれた。

「無理に迫って美緒に嫌われるほうが困るからね」

その言葉がどこまで本気かは分からなかったけれど、肩の力がほっと抜けたのは確かだった。

明け方にお風呂に入ったあと、緊張が弛《ゆる》んだのか強烈な眠気に襲われ、二度寝をしてしまった。

そのせいで今日もかなりの寝坊だ。

ウィルを待たせないよう手早く着替え、パウダールームでメイクをする。こちらは急いでというわけにはいかなかった。昨日サロンで教わり、買ってもらったメイク道具で、初めて自分でするのだから。

『メイクにそんなに慣れていないなら、できるだけ簡単な手順で最大限に魅力を引き出せるようにしなきゃいけないわね』

そうスタイリストさんに教えてもらった手順は、確かにあまりメイクが得意ではない私にもどうにか実践できるレベルだった。教わりながら書いたメモを片手に最後にリップを塗り、鏡の中の自分を見つめる。

プロに仕上げてもらったわけではないけれど、悪くはない気がする。

髪も教わった通りにふんわりセットして、ウィルがいるテレビと大きなソファのある部屋に戻った。

「ウィル」

声をかけると、ラフな格好からスーツに着替えてソファに座っていたウィルが振り返った。

「昨日教わった通りにメイクをしてみたんですけど、どうですか？」

私の姿を上から下までじっくり眺めると、ウィルはにっこりと微笑んでくれた。

「すっごく可愛いよ。リップの色が昨日と違う？」

「はい。こっちの色も似合うと言ってもらって」

「うん。今日のほうが少し活動的に見えて、それはそれでいいね。とてもよく似合っている。服も昨日僕が買ったものだよね？」

「せっかくもらったので」

しまった、まるで義務みたいな言い方をしてしまった。

ウィルにとっては「愛するパートナー」に贈っただけだろうけれど、プレゼントしてくれた気持ちは間違いなく嬉しいのに。

何かフォローをと思ったのに、それよりも早くウィルが口を開いた。

「全部似合っている。みんなに自慢したいくらい可愛くて、誰にも見せたくないくらい愛おしい」

「……ありがとうございます」

真っすぐすぎる褒め言葉の数々に耳が熱くなる。

ウィルのことだから可愛いと褒めてくれるのではないかなと、緊張半分期待半分で聞いてみたのだけど、予想以上に色々言ってもらってしまった。

手招きされて近寄ると、膝をまたぐように向かい合って座らせられた。そして、腰を引き寄せられて抱きしめられる。

「こんなに可愛くしてくれるのは、僕のためだよね」

確信を持った笑顔に、自分のほうが気付かされた。

私は可愛いと言ってもらいたかったのではなくて、ウィルにそう思ってもらいたかったのだと。

私が「結婚相手としての義務」でしたわけではないことも見透かされているらしい。

熱い頬にちゅっと音を立てて柔らかい唇が触れる。否定できないでいる私に、ウィルが嬉しそうに笑った。

早めのお昼を食べるためにエレベーターを降りると、ホテルの出入り口とは逆のほうに連れて行かれた。そこは、スイート以上の宿泊客専用のフロントらしい。

「美緒に紹介したい人がいるんだ。あ、彼だよ。ルーク！」

広々とした空間にあるカウンターテーブルの奥にいた男の人が、ウィルの呼びかけで顔を上げた。

ホテルマンらしい隙のないスーツを着ている黒髪で眼鏡をかけた男の人は、見覚えがあった。近くで見上げると、それが確信になる。

「彼はルーク・サトウ。このホテルのコンシェルジュをしてもらっているけど、実質的には僕の右腕だよ」

「西村美緒です。初めまして……では、ないですよね？　カジノで……」

「ああ、あの時のお嬢さんでしたか。あの日は急いでいたためぶつかってしまったお詫びもできず、失礼いたしました」

やっぱり、私が騙《だま》されたカジノでぶつかってしまった人だったんだ。

まさかあそこで出会った人が、ウィルの経営するホテルの従業員だったなんて驚きしかない。私に向かって頭を下げるサトウさんに、「大丈夫です」と伝えて顔を上げてもらった。

「ルークは日系人で日本語も堪能なんだ。僕とは大学で知り合って、同じ飛び級同士仲良くなったんだよ。長い付き合いで気心も知れているし、すごく有能でいい人だから、僕がいない時には彼を頼って」

ウィルは、前のホテルに置きっぱなしだった私の荷物を運んでくれたのもサトウさんだったのだと説明してくれる。

飛び級という単語が気になりつつも、私は頭を下げて挨拶《あいさつ》をした。

「ありがとうございました。これからよろしくお願いいたします」

「お互い大変な方と縁ができてしまいましたが、悪い人ではありませんので頑張りましょう」

手を差し出されて慌てて握手をすると、隣から「ちょっと」と声が上がった。

「『大変な方』って僕のことかい？」

「他にいませんよ。貴方、気に入った人間はどんな手を使ってでも手に入れないと気が済まないでしょう？　私が大学に残るか悩んでいた時に、教授に根回しをして強引に自分の仕事に巻き込んだでしょうが」

「ルークの頭のよさと立ち回りのうまさを、大学の研究室で埋もれさせるには惜しいと思ったからだよ。実際、僕のもとで面白い仕事ができているだろう？」

「余計な雑用も多いですけどね」

ぽんぽんと交わされる会話を聞いていると、本当に二人の仲がいいことが伝わってくる。

邪魔をしないように静かにしていたら、サトウさんが私を見下ろして苦笑いをした。

「ウィリアムに腹が立つことがありましたら、離婚を考える前にご相談ください」

「僕が美緒にそんなことを考えさせるはずがないだろう。縁起でもないことを言わないでくれ」

軽快にやり取りする二人に、私も思わず笑ってしまった。

サトウさんは、私とウィルの結婚の裏事情を知っているのだろうか。気になったけれど、伝えられていなかったら私の勝手で明かすわけにいかないし、そもそも人前でそんな話はできない。

黙っていたほうがよさそうだと思っていたら、かがんだウィルに耳元で囁《ささや》かれた。

「ルークは僕と美緒の事情もすべて把握しているから、安心して」

すべてというと、買われたことも？

見上げると、サトウさんが小さく頷く。二人は上司と部下ではなく、友人のような信頼で通じ合っているように感じた。


「僕が運転するのはそんなに意外？」

「……少しだけ」

今日はリムジンではなくウィルの車に案内された。明らかに車体が長いリムジンよりは目立たないかもしれないけれど、車に詳しくない私でも知っているエンブレムの超高級車だ。さすがにもうこれくらいでは逐一《ちくいち》驚かなくなった。

アメリカだから左ハンドルの車で、右側の助手席のドアをウィルがスマートに開けてくれた。ワンピースの裾を押さえながらそっと乗り込んだのが、五分くらい前のこと。

加速や減速をほとんど感じさせない丁寧な運転、今日は陽射しが強いためかけているだろうサングラス。なんだか、いつも以上にウィルに目が吸い寄せられてしまう。

「移動は必ずリムジンなのかと思っていました」

思っていたことをそのまま言うと、ウィルが珍しく声を上げて笑う。

「自分で運転するほうが多いよ。一昨日と昨日は美緒ときちんと話をしたかったから、リムジンにしていただけ」

「あ、それならいまは黙っていたほうがいいですね」

「車の運転くらい会話をしながらでもできるから、心配無用だよ」

「そうなんですか？」

「僕といる時でも少しはリラックスしてくれるようになったみたいだから、次は僕に魅力を感じてもらおうかなって」

女性はドライバーの横顔にキュンとするんだろう？　と、どこで仕入れたのかよくわからない知識を真剣に口にするウィルに、今度は私が声を出して笑ってしまった。

ウィルがウィンカーを出して右折する。

「ウィルの運転はとても上手で安心します」

「アメリカ人は基本的に運転が荒いよね」

強引な割り込みをしてきた車に、ウィルが「おっと」と言って減速し、車間距離を空けた。

日本のドライバーはとてもマナーがいいと聞いたことがあるけれど、アメリカにいると実感する。クラクションが聞こえるのは珍しくないし、対向車が急ハンドルで曲がってくることもあった。

そんな中、ウィルの運転は滑らかで無用な煽《あお》りや加減速もないので、まったくハラハラしない。

「小さい頃は僕もこれが普通だと思っていたんだけど、日本に行ってカルチャーショックを受けたのを覚えているよ」

「日本に来たことがあるんですね」

そういえば日本にもホテルを建てたと言っていた気がする。言葉のうまさは座学だけではなく、実地で培《つちか》われたものなのかもしれない。

「そうだ、さっきルークと話をしていた時、何か言いたそうな顔をしていたよね。どうかした？」

サトウさんと話していたと思っていたのに、人のことをよく見ている。

「飛び級をしているって、本当ですか？」

そう言ったものの、プライベートなことを尋ねるのはルール違反のような気がして、慌てて付け加える。

「ごめんなさい。少し気になっただけなので、言いたくなければ大丈夫です」

「謝ることはないよ」

ちょうど赤信号で車が停まり、ウィルがサングラスを外した。どうしたのだろうと見ていると彼の顔がぐっと近づき、音を立てて唇が頬に触れる。

「僕に興味を持ってくれて嬉しい」

間近に澄んだ瞳でそう伝えられて、私は何も言えなくなった。柔らかく感じたところに触れると、思った通り熱い。

クスッと笑ったウィルはなんでもないような顔をしてまたサングラスをかけると、アクセルを踏み込んで車をゆるやかに加速させた。

「飛び級をしているのは本当。十五歳でハーバード大を卒業しているよ。研究室に残る選択肢もあったんだけど、早く独立したかったから、そのまま卒業してあのホテルを建てたんだ」

「十五歳!?」

十五歳というと、まだ中学校から高校に上がったばかりの頃だ。そんな時期に大学を卒業するとか、とても想像できない。

「ウィルはすごい人ですね」

「まぁ確かに人と違う経歴であることは確かだけど、中身は案外普通だよ」

「……そうですか？」

そんなことないと思うけれど。

「飛び級ならルークもしているしね。だからそんなふうに美緒に壁を作られてしまうほうが寂しいな」

膝の上の手を取られて、するりと指を絡められた。

「分かる？　僕はこれから行くお店を奥さんが気に入ってくれるといいなぁと心配している、ただの旦那さま」

あえて軽い口調で話してくれているのが分かるから、私も気軽に笑える。楽しみです、と言いながら手を握り返した。


到着したのはステーキのお店だ。牛のイラストが描かれた看板の立つ駐車場に車を停めたウィルが、慣れた様子でお店のドアを開く。

中に入ると店内はとても賑わっていて、あちらこちらから英語で交わされる会話が聞こえる。大きなウッド調のテーブルとイスの間を、店員さんが鉄板に載せられたお肉を運んで行った。

その様子を見ていると、後ろから「美緒」と声をかけられた。

「もっと静かな店のほうがよかった？」

「いえ。アメリカに来たんだなと実感していました」

「そう？　ならよかった」

こっちだよと促《うなが》されるままに付いていくと、他より少し奥まったカウンター席に辿《たど》り着いた。

目の前に大きな鉄板があり、その向こうに白い帽子とエプロンをしたシェフが立っている。

「ここは目の前で焼いてくれる、この店の特等席なんだよ」

「すごい」

ウィルが引いてくれた椅子に座ると、シェフの人に声をかけられた。

『日本人かい？』

『はい、そうです』

『うちのステーキはラスベガス最高だ。じっくり味わってくれ』

隣に腰を下ろしたウィルに、わざとらしいくらいにぴったりと身体をくっつけられる。一瞬緊張したけれど、これも慣れなきゃと笑顔を取り繕《つくろ》った。

『僕の結婚相手の美緒だよ』

『ローランドさんが結婚!?』

私と話をしていても手を止めなかったシェフが、ウィルを見て目を丸くした。まじまじと見ているのは、嘘をついてないか見極めようとしているのかもしれない。

バレないようにと緊張する私とは反対に、ウィルはいつも通りナチュラルに私の手を取り、音を立ててキスをする。挨拶《あいさつ》だと分かっているのに動揺する私を見て、ふふっと笑う。

『可愛いでしょ。自慢の奥さんなんだ』

『そりゃあ可愛いが、えらく急だな』

『昨日手続きしたばかりだからね。ハネムーンの予定すら立っていない』

『そりゃあ……本当に急だ』

焼き上がったらしいステーキを鉄板のプレートに移してウェイターに渡したシェフが、カウンターを回ってこちらに来る。

白い帽子を外して差し出された手に、握手だと気が付いた私は慌てて立ち上がった。

『俺はこの店のオーナーシェフで、ローランドさんにはいつも世話になってるんだ。ミオさんもよろしく』

『こちらこそよろしくお願いいたします』

昨日のサロンといい、このお店といい、ウィルの顔の広さは業界を問わないらしい。

力強く握られた手のひらと明るい笑顔にシェフの気のよさを感じて、私も自然に笑顔になれた。

『いつまで握手してるのさ。美緒は僕の奥さんだからね？』

『ウィルってば……』

長い時間そうしていたわけでもないのに、すぐ横から声をかけられて慌てて手を離す。身体にするりと腕が回されて、座ったままのウィルの膝の上に乗せられると、ぎゅっと抱きしめられた。

「美緒も、僕以外の男に触れさせちゃだめだよ」

「あ、握手しただけなのに」

「あんなに可愛い顔で笑ったら、シェフが美緒を好きになっちゃう」

「……そんなはずないじゃないですか」

モテないのは誰よりも私自身が一番よく分かっている。二十年以上男の人とは縁のない人生だったのだから。

日本語での会話を理解できたわけでもないだろうに、私たちのやり取りを見ていたシェフが大きな声で笑った。奥まった席だけれど、元々ウィルが注目を集めやすい人であるせいか店内のお客さんがこちらを向く。慣れているのだろう、シェフもウィルも気にした様子がない。

『あのローランドさんをここまで虜《とりこ》にする人が現れるとはな』

『美緒は特別なんだ』

『よし、今日はお祝いだ！』

嬉しそうに続けて何かを言いながら、シェフがカウンターの向こうに戻る。

それがうまく聞き取れず、私は首を傾げた。

「いまなんて言っていたんですか？」

「今日は奢《おご》ってくれるから、なんでも頼んでいいんだって」

「そんな。自分の分くらい自分で出します」

「僕が一緒にいるのに、美緒に払わせると思う？」

「……それは」

昨日のショーも、結局ウィルに全額出してもらってしまった。ホテル代は完全に予算オーバーだから厳しいけれど、他のことまで奢《おご》ってもらうのは申し訳ないのに。

私は本物のパートナーじゃないから。

胸のどこかがぎゅっと苦しくなった瞬間、シェフに声をかけられる。

『さぁ、日本人特有の遠慮は禁止だ！　とりあえずうちで一番いい肉のステーキは食べるとして、他の注文はどうする？』

ラスベガスのカラッとした空気のような裏がなく気持ちいい言葉に、ウィルと思わず目を見合わせてしまった。

「美緒は他に何を食べたい？」

「メニューを……じゃなくて、ウィルのオススメはありますか？」

「もちろん」

膝から下りて改めて横に並んで座りながら、ウィルが広げたメニューを二人で見る。普段あまり聞かない部位のお肉や、厚切りのベーコンに心が引かれる。ポテトは特製スパイスが効いているらしい。ビールを勧められたけれど、アルコールは遠慮した。

ウィルの説明に頷いていると、『ほら、注目！』と言われて鉄板を見る。すると焼いていたお肉にワインらしきボトルから液体がかけられ、ぼうっと赤い炎が上がった。

『すごい！』

私の反応に、カウンター向こうから満足そうな笑いが返される。

『こんな迫力、初めてです』

昨日のショーも火をテーマにしたものだったけれど、目の前だと熱気が違う。肌に当たる温度の迫力がリアルだ。

隣を向くと、同じように炎に注目していると思っていた蒼い瞳が私を見つめていた。

「どうかしましたか？」

「喜んでる美緒が可愛いなぁと見ていたんだよ。連れて来てよかったなぁって」

「……っ」

ウィルのこういう発言に慣れる日は来るんだろうか。照れのないストレートな言葉に私の心臓は振り回されっぱなしだ。

なんだか、関係性だとかを気にして遠慮しているほうがおかしいみたいに感じてしまう。ウィルが「奥さんを大切にしている完璧な旦那さま」を演じるのなら、私がしなきゃいけないのは素直に受け入れることなのかもしれない。

「ウィルのオススメ、全部注文してください」

「いいの？」

「ウィルが好きなものを私も知りたいです」

「ありがとう」

そう頷いたウィルの笑顔は、ここはモデルさんの撮影場所だったかなと錯覚しそうなくらいにキラキラと輝いていて、自分の選択が間違っていないように思えた。

じゃあ、とウィルがシェフにいくつかを注文すると、やがて焼き上がったばかりのステーキが目の前に置かれる。

ジュウジュウとまだ音を立てている厚みのあるお肉に、二人の視線を感じながらナイフを入れた。力を入れなくてもお肉が切れる。

「美味《おい》しい」

ふうふうと冷ましてから口に入れると、舌の上で旨《うま》みが溶けた。ぽろっと零《こぼ》れた感想に「だよね」とウィルが満足そうに言って、自分の分のステーキを口にする。

『さすがだね、今日もすごく美味《おい》しいよ』

『うちの店一番のオススメだからな、当たり前だ！』

シェフが胸を張る理由が分かる。美味《おい》しいだけでなく、噛まなくてもよさそうなほど柔らかいのに、お肉が分厚いおかげか『ステーキを食べている』という満足感がある。

ナイフとフォークを休めることなく動かして、ペロリとお皿を空にしてしまった。横を見るとウィルはとっくに食べ終わっていたようで、目が合う。食べていたところを観察されていたみたいで気恥ずかしいけれど、悪い気はしなかった。

『よーし、じゃあ次々に焼いていくからな！』

そんなふうに気合を入れるシェフに頷いた数十分後。

ぽっこりと膨れてしまったお腹を撫でながら、私は車の助手席に座った。

「食べすぎてしまいました」

「そんなに無理しなくてもよかったのに」

「だってどれもこれも美味《おい》しくて、止められなかったんです」

あんまりパクパク食べるのは品がなかったかなと思ったけれど、仕方ない。車のドアを開けてくれたウィルに、「連れて来てよかったよ」と嬉しそうにミネラルウォーターを渡された。一口飲んでいる間に、彼が運転席に滑り込みシートベルトをする。

「そういえば伝え忘れていたけれど、このあとは仕事で出かけなきゃいけないんだ。ホテルまでは送るから、少しだけ一人でいてくれるかい？」

「わざわざ送ってくれなくても、一人で戻れますよ」

そう伝えたのだけど、ウィルは「だめ」と言って譲らなかった。

「はぁ、こんなに仕事に行きたくないのは初めてだよ。ずっと一緒にいて、ラスベガス中を案内してあげたいのに」

ホテルに着いてラウンジまで連れて来てもらうと、ウィルが大きなため息をついた。

ぎゅっと両手を握られ、真剣な目で真っすぐに見つめられる。

「いいね、美緒。ホテルの中では自由に遊んでいいけれど、外に出るのはだめだよ。どうしてもという時はルークを連れて行ってね」

「あの……サトウさんも忙しいんじゃないでしょうか」

「遠慮しちゃだめ。美緒の安全が最優先だから」

「安全」って、外を歩くだけでそんな危険はないと思うんだけど。

とはいえ、ラスベガスに来て早々にトラブルに巻き込まれた私に言える言葉ではないなと、素直に頷いた。

ここまで言われたのを振り切ってまで外に行かなきゃいけない用事もないし。

「急いで終わらせて帰ってくるから、ディナーは一緒に行こうね」

「はい」

「あ、あと大事なことだから伝えておくよ。ルークを頼るのはいいけれど、惚れちゃいけないから」

「……え?」

すごく真面目な顔をしながら言われて、思わず瞬《まばた》きをしてしまった。

時間差でおかしさが湧き上がってきて、くすくすと笑ってしまう。

「笑うところじゃないんだけど」

「だって、真剣な顔で……いきなり」

笑いながら浮かんだ涙をぬぐうと、ウィルがむっとしたような顔をした。

怒っているのかもしれないのに、怖いというよりもどこか可愛く見える。すごく不思議。

さっきのシェフに対してもそうだけど、彼の心配は杞憂《きゆう》だ。

「僕にとっては笑いごとではないんだけどな。ルークは顔もいいし仕事もできるし、気遣いだって完璧だ。ああいう男に、女性は弱いんだろう？」

「確かに魅力的だとは思いますが、私は大丈夫です」

「どうしてそう言い切れるんだい？」

「どうしてって……」

目の前の男性を見上げる。

ウィルの言ったことはそのまますべて、この人自身に当てはまることだ。

格好よくて、雑誌でホテル王だなんて特集されるくらいすごい人だし、たくさんの気遣いがあまりにもスマートすぎて、自然と受け止めてしまうくらいだし。

だから、そういう条件でサトウさんを異性として意識することはないんじゃないかな。私にはウィルのほうがずっと素敵に見えるし……と自然にそう考えていることに気付き、顔が熱くなった。

「あ、あの、ほら、だって……」

「だって？」

「私とウィルは夫婦、なんですよね？」

「不倫はしないってこと？」

「そ、そうです！」

そう、そういうことだ。そういうことにしておきたい。これは私に課せられた務めだから、他の人にふらふらするなんてあり得ない。

私の返事に、ウィルはにっこりと微笑んだ。

「そうだね、僕たちは夫婦だもんね。疑うようなことを言ってしまってごめん」

「気にしないでください。……行ってらっしゃい」

そう言うと、ぎゅっと抱きしめられた。ホテルのラウンジでなんて焦ったけれど、ここは日本ではないのだと思い出す。

そっと私も背中に手を回してみたら、ウィルの腕の力が強くなった。

「美緒、大好きだよ。ああ、行きたくない」

「お仕事頑張ってください。あの……待っていますので」

「……っ」

ぎゅうぅぅと少し苦しいくらいに抱きしめられるけれど、離してほしいとは思わなかった。もう少しだけ一緒にいられたらなと思っていると、ウィルが頬にキスをしてくれる。

真っすぐに合わせられた蒼い瞳がゆるりと細くなった。

「頑張ってくる。美緒が待っていてくれるのなら、どんな面倒くさい案件だって一瞬で片付けてしまえそうだ」

「ウィルってば、何言ってるんですか」

茶化した物言いにまた笑ったら、「本当なのに」とウィルが唇を尖らせる。その顔が可愛くてますます笑ってしまう。

こうしていると本当の夫婦になったようだ。

地下の駐車場に向かうエレベーターが閉まるまで、手を振ってウィルを見送った。

無機質な扉を見つめていると、一人になるのが久しぶりな気がしてくる。ウィルと出会ってからまだ丸二日も経っていないのに。気持ちを切り替えるようにスカートの裾を揺らして、私はエレベーターに背を向けた。

ウィルにはホテルから出ないように言われたけれど、部屋の外にいてはいけないとは言われていない。

スイートの専用ラウンジではなく、一般宿泊客用のエントランスからホテル内を回ってみる。ラスベガスのホテルというだけあり、一階のフロアはカジノになっている。遠目で見ると、昼間でもたくさんの人が遊んでいた。

ウィルのホテルなんだから大丈夫だと思いたいけれど、近づく気にはなれずにそっと離れる。

「あれ、水着が売ってる。そっか、プールもあるんだっけ」

たくさん並んだショップを眺めながら歩いていると、マネキンが着ている水着を見つけて思い出した。ちょっとした遊園地以上に広そうなプールが、部屋の窓からも見えた気がする。

自分で予約していたホテルにはなかった設備だから、水着なんて持ってきていないけれど、あそこで遊ぶだけでも一日楽しめそうだ。

「プールに行くんですか？」

「っ！」

後ろから突然声をかけられ振り返った。ウィルほどではないけれど、背の高い黒髪で眼鏡をかけたスーツの男性――ランチに行く前に紹介してもらったコンシェルジュのサトウさんだ。

「お疲れ様です」

「ウィリアムは仕事で、いまは一人でしょう？　プールに興味があるのでしょうか」

「あ、いえ、水着も売っているんだなと見ていただけです」

手を振りながら否定すると、サトウさんが首を傾げた。

「うちのプールはすごいですよ。お時間があるのでしたら、行ってみて損はないと思いますが……」

サトウさんが言葉を切り、ハンガーで吊るされている水着を見る。

「行きたいのでしたら一時間……いえ、三十分でいいのでお待ちください」

「メンテナンスとか何かあるんですか？」

「いいえ、他のお客様にお引き上げいただくための時間です」

「え、どうしてわざわざそんな」

驚く私に、サトウさんが苦笑した。

「ウィリアムが、自分のいないところで貴女の水着姿を他の方に見せるのをよしとするはずがありませんから」

「……え。えっ」

私の水着姿を他の人に見られたくないなんて、ウィルがそんなことを思うの？

あり得ないですと笑いたいのに、サトウさんの表情は冗談を言っているようには見えないし、そんなことを言う人だとも思えない。私よりもずっと長い付き合いで、ウィルのこともよく知っているだろうし。

けれどあんな優しそうな人が、私の水着姿くらいで他のお客さんを追い出すなんてするとは思えないのだけど。

「本当に水着はただ見ていただけなので、大丈夫です」

「そうですか？　気が変わりましたら、私に直接お声がけください」

そう言われて、頷くことしかできなかった。

だからそれから数日後、ウィルと二人で晩ご飯を食べた帰り道で話題に出したのも、深い意図があったわけではなかった。そういえば、と思い出しただけ。

「この前サトウさんに、プールに入るなら人払いするみたいなことを言われましたが、面白い冗談ですねって笑うべきだったんでしょうか」

「どういうこと？」

「えっと、あの……だから、私の水着姿を自分がいないところで他の人に見せるのはウィルが嫌がる、というような」

なんだか改めて言うと自意識過剰なようで、すごく恥ずかしい。頬の熱さを感じていると、ウィルがハンドルを切りながら不思議そうに瞬《まばた》きをした。

「それのどこが冗談になるの？」

「だってそんな、私の水着くらいで……」

「さすが、ルークは僕のことをよく分かってくれているよ。僕もまだ美緒の水着姿を見たことがないんだから、誰にも見せたくないな」

「え、でも……ウィルはもっと」

きわどいところを見ているのにと言おうとして、ますます恥ずかしくなった。

車はこういう時に逃げ場がない。周りは外で、車が何台も並走していても、閉鎖された空間には私たち二人だけ。赤信号でブレーキを踏んだウィルが、私の頬に手を添えた。指先がひんやりと感じるのは体温差のせいだろうか。

「確かに美緒の身体はどこもかしこも見たけれど、そういうことじゃないんだよ。細くてキレイな指先も、白くてもちもちの二の腕も、この丸くて可愛い頬も、美緒の存在すべてを僕だけのものにしたい」

「……っ」

触れられていたのとは反対の頬に、掠《かす》めるようにキスをされた。未だに慣れないし平気になる気配がない。私の心臓はうるさいくらいに鳴るのに、涼しい顔のウィルはあっさりとシートに身体を戻して車を発進させる。

「でもプールは確かにいいね」

「え？」

「美緒と二人きりで遊べたらすごく楽しいだろうな」

そんな会話をしたのが十日くらい前。ウィルと知り合って二十日近く経ったけれど、私は未だに彼の行動力を分かっていなかったのかもしれない。いや正確には、ウィルとサトウさんの。

「……本当に貸し切りにしてしまうなんて。こういうのは職権乱用と言うんじゃないですか？」

「権利を行使しただけだよ」

大きな浮き輪を持ち上げながら爽《さわ》やかに笑う顔を見上げる。プールサイドには、大人が乗っても沈まなさそうなサイズの浮き輪がいくつも積み上がっていた。泳ぐ用ではなく、プールに浮かんで遊ぶ用なのだろう。

プールは遠くから見ていた通り、ぐねぐねと曲がって流れている。プール自体が長いのと、植えられている大小さまざまな植物のせいで、全体像が見えない。高い位置にある太陽の光が反射して、水面がキラキラと輝いていた。スピーカーから流れている音楽もアップテンポで楽しそうで、他の人に申し訳ないながらも気分が上がってしまう。

でも、どうしても躊躇《ためら》ってしまう理由が一つ。

「ねえ美緒、パーカーはいつまで着ているの？」

「……だって」

ハーフパンツの水着を着ているウィルは、上半身を惜しみなく晒《さら》している。目にするのは初めてではないけれど、こんな陽射しの下だと健康的に引き締まっているのがよく分かる。ここが海だったら、ビーチ中の視線を独り占めしていただろう。

そんな人の横で堂々と水着姿になれるほど、まだ自分に自信はない。

「せっかく僕が選んだんだから、見せてよ。ね？」

「……はい」

顔を覗きこまれての上目遣い。金の髪が眩《まぶ》しいくらいに輝いていて、いっそ暴力的だ。それくらい、この人は自分の魅力を理解している。懇願という体《てい》の指示に近い気がする。

圧倒的な魅力に逆らえるはずもなく、私は着ていた白いパーカーのチャックを下ろした。

ウィルに渡されたのはオフショルダータイプの青いビキニで、二の腕の部分はフリルがあしらわれている。ビキニといっても、セパレートの下の部分は二の腕と同じフリルのスカート付きで、あまり抵抗はなかった。お腹は出ているけれど全体としてはシルエットが可愛く、サイズもぴったりだ。

ショップでも見た通り、アメリカで売られている水着は身体のラインを強調するようなものばかりだと思っていたけれど、ウィルは私の好みのものを選んでくれるのが本当に上手い。

「やっぱり美緒によく似合っている。可愛いね」

「ありがとうございます」

ただ落ち着かないのは、胸元が紐で編み上げになっていること。角度によってはかなりセクシーに見えるような気がして、そっと腕で隠そうとしたけれど、その前に手首を掴《つか》まれて阻止されてしまった。

「ここには僕たちしかいないんだから、恥ずかしがらなくて大丈夫」

「……分かってはいるんですけど」

他に人がいないといっても、ウィルがいる。やはりパーカーをと思った私の視線の先を追って、いち早くウィルに放り投げられてしまった。パサリと、プールサイドのベンチに白い布が落ちる。

「水に入って遊んでいれば、すぐに気にならなくなるよ」

促《うなが》され、仕方ないとため息をついて気持ちを切り替えた。ゴムを使って手早く髪をアップにする。

ウィルが「へえ」と目を丸くした。

「そんなに簡単に結んでしまうなんて、美緒は器用だね」

「特別なことは何もしていませんけど」

「いつも髪を下ろしているけれど、ポニーテールも可愛い」

「ひゃあっ」

首の後ろにキスをされて、思わずのけぞってしまった。ゾクッと背筋に甘い刺激が走る。

「ウィルっ！」

触れられたところを手で押さえながら名前を呼ぶと、「ごめんごめん」と笑いながら謝罪される。

一緒にお風呂に入ったあの朝から、ウィルは私に過度な触れ合いを求めなくなった。手を繋《つな》ぐことや、指先や頬へのキスは頻繁《ひんぱん》だから、距離を取られているとか面倒に思われているとかとは違うと思う。

私が慣れるように待ってくれている。説明されなくてもそうと理解できるくらいに、この人の愛情表現はストレートだ。

「ほら、おいで」

差し出されたウィルの手に、自分のそれを重ねる。相変わらず振り回されっぱなしだけど、嫌な感じがしないのがウィルのすごいところだ。

ベンチの横でビーチサンダルを脱ぐ。素足で歩くと地面が少し熱かったけれど、プールの水はひんやりしていて気持ちがいい。

「プールなんて久しぶりです」

「美緒は泳げるほうだっけ？」

「まったくというほどではないですけど、得意でもないです。ウィルはどうですか？」

「泳げないと思う？」

さまになりすぎているウィンク付きで問われて、この人にできないことはあるのか不思議になった。飛び級してしまうほど頭がよく、肉体も申し分なくて、非の打ちどころがない。

ウィルが手にしていた浮き輪を水面に置き、パンパンに膨らんだ白いビニールを指し示す。

「ほら美緒、せっかくだから浮き輪に乗ってごらん」

「こう、ですか？」

浮き輪の膨らんだところに座ろうとしたけれど、うまくいかない。空気圧に負けてずり落ちそうになったところを、大きな手に支えられた。そのまま、するんと中心の穴にお尻をすっぽり沈められる。

「浮き輪はこうやって座るのが正解だよ」

「で、でもこれじゃ動けません」

足が下についてないし、バタ足するにも浮き輪が邪魔だ。そう思っていると、楽しそうに笑ったウィルが浮き輪を押しながら歩き出した。

「僕が押してあげるから、美緒はそのままでいいの」

「わ、わ……流されちゃいます」

「それが醍醐味《だいごみ》だよ」

水が流れているせいで、浮き輪に乗っているとどこに向かうかのコントロールができない。焦りに足をばたつかせると、すぐ横に腕を乗せられた。見るとウィルも浮き輪に肩から上を預け、身体を浮かせている。

大きい浮き輪は大人二人が乗ってもぐらつく気配すらない。

「ほら見て、あそこから水が出て流れが速くなっているんだ」

確かにすぐ先の壁に沿った水面が激しく波打っていて、水中に噴射口があるのが分かった。ああいう箇所でプールの流れを作っているのだろう。

蒼い目を輝かせ、ウィルはすいっと浮き輪をそちらの方向に向けて進む。

「え、あの、ウィル？」

まさかと思っているうちに、水の勢いに押し出された。浮き輪が回りながら一気に流される。小さな悲鳴を上げる私と、楽しそうに笑うウィル。

「こういうのは嫌い？」

「心の準備が……ひゃあ！」

少し落ち着いたと思ったら、今度は反対側の水流に乗ってしまった。くるくると二人で水の流れに翻弄《ほんろう》される。まるでコーヒーカップに乗っているみたいだ。

「え……ちょっと待ってください、この先って滝ですか？」

大きな音を立てて、上から水が落ちてきている。このまま進むと、その滝の下にまともに突っ込んでしまう。

そんな心配を、ウィルはあっさりと肯定する。

「あの滝はすっごく人気なんだよ」

「待って待って……ひゃああ！」

プールの流れが簡単に止まるはずもなく、流れ落ちてくる水に全身を打たれた。耳元で大きな音がする。

衝撃がやんで固く瞑《つぶ》っていた目を開くと、私もウィルも頭からずぶ濡れになっていた。

「久しぶりに遊んだけれど、思ったよりもすごい衝撃だったな」

ぐっしょりと濡れた髪をかき上げながらウィルが口にする。二人で目を見合わせて、思わず笑ってしまった。なんだかそれくらい水流が強かったのだ。

流れるプールは長くて、一周するとそこそこ時間が経っていた。今度は私が交代して、ウィルの乗った浮き輪を押していく。さっきよりも安全に行きますねと言ったけれど、結局水の勢いに逆らえずに二人して浮き輪に掴《つか》まりながらくるくる回ってしまって、声を上げて笑い合った。

こんなふうに遊んだのはいつ以来だろうというくらい、楽しい。ウォータースライダーも階段を上るのが大変だったけれど、その分滑る時間も長くて、二人で何回も行き来した。流れるプールから少し離れたところにネットを張った四角いプールもあり、ゴムのボールで水中バレーボールもした。まったく歯が立たなくてウィルの一人勝ちだったけれど。

少し休憩にしようかと言われなかったら、いつまでも水に浸《つ》かっていたかもしれない。

プールサイドにある小部屋はカバナと言うらしい。

四本の柱に屋根とカーテンがあり、屋外でも個室のように使うことができる。大きなホテルのプールにはよくあるらしいけれど、初めて知った。広々とした中にはソファベッドのようなクッションが置かれており、白いシーツの上に水着のまま寝転がれる。飲み物を取りに行ってくれたウィルの背を見送り、私は目を閉じた。

少し冷えた肌に暖かい風が気持ちいい。ラスベガスの強めの日差しは三方を閉めたカーテンが遮《さえぎ》ってくれている。こんな贅沢をしていいのかなと思った。

「……美緒？」

声をかけられて目を開く。目の前のキレイな蒼と金の色に視線が吸い寄せられ、ウィルだと遅れて気が付いた。

「眠ってしまっていましたか？」

「うん。少し疲れたかな」

「こんなにはしゃいで遊んだのは久しぶりだったので」

「楽しんでくれたのなら何よりだよ」

身体を起こし、お礼を言って持ってきてもらったグラスを受け取る。カットフルーツがいくつも沈んだトロピカルジュースだ。ストローに口を付けると、マンゴーがメインの濃厚な甘みが身体に染み渡る気がした。

　一気に半分ほど飲んで一息つくと、立ったままの彼に困ったような顔で見られていたことに気が付いた。

「どうかしましたか？」

「あまりこういうことは言いたくないんだけど、ここは日本じゃないからね。こんなところで寝ていたら危ないよ」

「……あ。ごめんなさい」

　そうだった。アメリカにいることを忘れたわけではないけれど、他に人のいない場所でずっと日本語で話をしていたから、気が弛《ゆる》んでしまったのかもしれない。

　子供に諭《さと》すようにしゃがんだウィルが、クッションに座る私より視線が低くなった。

「美緒を怖がらせたいわけではないんだけど……」

「いえ、あの、いまのは私が悪かったです。ウィルとずっと一緒にいたから安心して油断してしまっただけなので」

　申し訳なさそうな顔をされて胸が痛んだ。ウィルは何も悪くない。

　そう主張したつもりだったのに、彼はますます困り顔になってしまった。

「安心してくれるのはすごく嬉しいけれど、油断はよくないなぁ」

「……え？」

「美緒に一番誘惑されているのは、他の誰でもなく僕だからね」

「っ！」

意味深なニュアンスで言われた「誘惑」という言葉を聞き、あらぬことが脳裏によぎったせいで、手の中にあったグラスが滑った。

「あ……っ！」

カバナ内のクッションに跳ねて地面に落ちたガラスが、ガシャンと音を立てて飛び散る。氷とカットフルーツが、ガラスの破片とともに太陽を反射して光った。

「ごめんなさいっ」

「危ない！」

「……っ」

慌てて拾おうとクッションから下りて、膝をついた場所がよくなかったらしい。鋭い痛みを感じて見ると、左の膝に小さな破片が刺さってしまっていた。

しまった。

ミスをした時は、なぜ立て続けにこういうことを引き起こしてしまうんだろう。

「美緒、大丈夫!?」

「……はい」

落ち込みながら刺さったガラスを抜こうとしたら、ストップをかけられて身体が浮いた。お姫様抱っこでそっとまたクッションに下ろされる。

「美緒からは目が離せないな」

「……すみません」

苦笑するウィルに膝を立たされた。自分でやると伝えたけれど、いいからとやんわり拒否されてしまう。

ウィルは真剣な顔でゆっくり破片を肌から引き抜いた。そして、ぷっくりと赤い血が盛り上がったところに、プール用のタオルを当ててくれる。

「白いタオルが……汚れてしまいます」

「そんなことは気にしなくていいの。少し待っていてね、絆創膏《ばんそうこう》を持ってくる」

「これくらい放っておいても」

「だーめ」

有無を言わさぬ笑顔というのはこういうものを指すのかもしれない。ウィルは唯一開いていた面のカーテンもきっちり閉めて行ってしまった。

ああもう、何をしているんだろう。一人になると、ため息が出た。

せっかくのウィルのお休みの日に余計な手間をかけさせてしまった。

戻ってきた彼にもう一度ごめんなさいと伝える。カーテンの外を見ると、すでに割れたグラスもフルーツもジュースも片付けられていた。絆創膏《ばんそうこう》を取りに行くついでに誰かに頼んでくれたんだろう。

「美緒は気にしすぎだよ。失敗するのは悪いことではないからね」

ペットボトルの水で傷口を洗い流され、絆創膏《ばんそうこう》を貼ってもらった。傷より結構大きめの四角い形が、ウィルの心配してくれる気持ちを表しているようだ。

「私もよく両親に言われていました。悪いのは反省をしないことだと」

「美緒はきちんと反省しているだろう？」

「はい」

「そうしたらこの話は終わり。僕としてはもっと気になることがあるんだけれど」

「なんですか？」

「美緒は僕に性的に見られるのはまだ怖い？」

何も持っていなくてよかった。でないと性懲りもなくまた落としていただろう。

ウィルが真っすぐに私を見つめている。いつも澄んだ蒼い瞳がいまは不安に揺れているように見えるのは、私の気のせい……？

こんなことを聞かれるのは、私がさっき「誘惑されている」という言葉に動揺したせいだ。

「怖くは……ない、です」

「本当に？」

怖かったのはウィルではなくて、いつも自分自身だ。大きな手に予期しない反応を勝手にしてしまうのが嫌……だったのだけど。

なぜだろう。

いまウィルに求められているということに、胸が苦しいくらいにドキドキしている。

ここに連れてこられた夜と違い、ウィルのことを知ったから。

「美緒、耳まで赤くなってる」

すり、と指先で耳たぶをなぞられた。

「……ぁ」

「可愛い」

耳にキスをされて、音が脳内に直接響く。ちゅっ、ちゅっ……と何度も繰り返され、身体の力が抜けてしまう。

「美緒は本当に何もかも可愛いね」

ウィルの低い声が頭の中に回る。どこまでも甘くて、はちみつみたいにとろりとして搦《から》め取られるような。

ふと気付くと、背中がクッションに触れていて、ウィルが上に乗っている。あれ、いつの間にこんな雰囲気になってしまったのだろう。ついさっきまでプールで声を上げて笑っていたのに。

耳元で何度も名前を呼ばれる。切実に乞われて、求められているように感じる。カーテンで四方を囲まれたカバナの中の空気が濃密になる。自分の息が荒い。

「……ウィル」

「なぁに？」

名前を呼ぶと耳へのキスがやんだ。なんだか物足りなく感じるような……

すぐ近くでウィルと視線が絡む。

細められる、晴れた空よりももっと澄んだ瞳。

何を言えばいいのか分からなくなって口をつぐむと、頬にキスをされた。

「そんな可愛い顔をしていると、襲ってしまうよ」

「あ……っ」

ウィルの指が胸元のリボンにかかった。そして、すっと紐を引っ張られる。止めなくちゃと思うのに、ドキドキしながらただ見つめている自分がいる。胸元が弛《ゆる》んでいくのがスローモーションのようにゆっくりと見えた。

私はどうしたいのだろう。嫌ならそう言わなければいけないのに言葉にならない。ウィルとは本当の夫婦ではないのに。

でも、求められているのは伝わってくる。平凡で地味な私のこれまでの人生。不満はなかったけれど、満たされていたわけでもなかった。

「美緒、いいの？」

ウィルがリボンを引き抜いた。水着をそっと取り払われて、胸を見られる。

「キレイだね」

熱い吐息とともに、ウィルが微笑んだ。

心臓が痛いくらいに脈打っている。陽射しは遮《さえぎ》られているはずなのに、日射病になってしまうんじゃないかというくらいに身体が熱い。

こんなに熱の籠《こ》もった視線を向けられたのは人生で初めてだ。手放しに可愛いと、真っすぐに褒められたこともない。

大きな手が胸に触れて、耳にまたキスをされた。

「美緒が欲しい。……だめ？」

「……私で、いいんですか？」

「美緒がいい。美緒でなければ嫌だ」

「ん……っ」

低い声で熱っぽく言われながら耳たぶを甘噛みされた。ぞくんとして甘い息が零《こぼ》れる。耳の形をなぞるように舌で舐められながら、胸元の手に力が入れられ、柔らかく弄《もてあそ》ばれる。

お腹の奥に何かを灯《とも》されるような感覚。

「美緒。……美緒、美緒」

何度も名前を呼ばれ、そのたびに心臓がきゅっと掴《つか》まれる。声で、舌で、手で、私の身体が変えられていく。

恥ずかしくて逃げ出したい気持ちが湧き上がる一方で、このまま身を任せてしまいたくなる。雰囲気に流されているのかもしれないけれど、ウィルの大きな手による安心感に不安が溶けているのも事実だ。

初めて触れられた時に、もうどうにでもなれなんて投げやりに思っていたのが嘘のよう。

ウィルの唇が首筋を這い、鎖骨へとおりていく。キスをされるたびに、鼻にかかったような甘えた声が勝手に出る。

「美緒……いい？」

「はい」

どこに向かっているのかはとっくに察していた。そっと視線を向けると、ウィルが私を見ている。芸術家が生涯をかけて作った彫刻のように整った顔のすぐ近くに、自分の裸の胸があることがすごく不思議だ。スーツを着て雑誌の表紙を飾る姿からは、性の生々しさなんて一切感じなかったのに。道を歩けば誰もが振り返る人が、いまは私しか見ていない。私の発した許可に、嬉しそうに口角を上げている。

唇が開かれ、赤い舌が見えた。自分の色付いた胸の先端が咥《くわ》えられる瞬間を見つめてしまう。

「……ひゃぁっ！」

口内の熱さにびくっと身体が震える。ウィルは私と目を合わせたまま、ちゅぅと音を立ててそこを吸った。赤ちゃんのような仕草なのにすごく卑猥《ひわい》で、頭の中がおかしくなりそう。

これ以上は見ていられなくて顔を背《そむ》ける。カバナ内に敷かれていた白いシーツをぎゅっと握ると、反対の胸の先端を指先で摘《つま》まれた。

舌先で転がされたり、指先で押し込まれたり弾かれたりして、それぞれ違う刺激に声が止まらない。

「美緒、とても気持ちよさそうな声が出ているね」

「んんっ。言わ……ない、でぇっ」

指摘されると一気に恥ずかしくなって、穴の中にでも入ってしまいたくなった。けれどそんな都合のいいものがあるはずがなく、自分で掘ることもできない。

濡れた先端の近くで喋《しゃべ》られると、そこがウィルの吐息で冷え、口内の熱さとのギャップに感じて腰のあたりが疼《うず》く。

水着のスカートの中がひどいことになっていそうだと思ったら、指先でそこの生地を押し込まれた。ぐちゅんと濡れた音がする。

「感じてくれているね。嬉しいな」

スカートの下に入れられた手がすりすりと水着の上を行き来した。そうされるだけでたまらない気分になる。恥ずかしいはずなのに、もっと触れてほしいような……

そんな私の心を読んだかのように、ウィルはクロッチ部分を横に寄せ、空気に晒《さら》された秘部に直接触れた。

「ぁ……っ、ウィル……待って」

「……ここはやっぱりまだ怖い？」

はっとしたように離された手を掴《つか》んだ。

「違います。あの、ここでこれ以上をするのは……」

声が我慢できなくて恥ずかしいです、と伝える。

カバナの四方はカーテンで仕切られて視線は遮《さえぎ》られているけれど、防音性はない。プールの水音がいまも聞こえているように、私の声も外に漏《も》れてしまっているだろう。

ウィルが貸し切り状態にしてくれたとはいえ、従業員が近くに来ないとも限らない。それにカーテン一枚でしか隔《へだ》てられていない外でこれ以上脱ぐのは、せっかく芽生えた勇気をかき集めてもさすがに足りなそうだ。

私の主張に、ウィルが身体を起こして大きなため息をついた。

「……ウィル？」

私のわがままで気分を害してしまっただろうかと、つられて身体を起こす。

「調子に乗りすぎて怯《おび》えられたかと思った」

「あ……。誤解させてごめんなさい」

「ううん、美緒が謝ることじゃないよ。僕の勘違いでよかった」

そう微笑むウィルの手をそっと握った。

「あ、あの……ちゃんと、最後までする覚悟はできたので」

「美緒……それ、意味を分かって言っているの？」

こくんと、僅《わず》かながらも、だけどはっきりと頷いた。

ウィルは私の気持ちを尊重してくれた。

一緒にお風呂に入った時に、私の気持ちを知れて嬉しいと言った通り、あれから過剰に触れずにいてくれた。夜に寝る時も同じベッドだったのに、手を繋《つな》いだり頬にキスをしたりするだけに留めてくれた。

その気遣いに私も気持ちを返したい。ウィルに求めてもらえるなら応えたい。たとえ本当の夫婦ではなくても、未知の世界に足を踏み入れることであっても。

ウィルが相手なら大丈夫だと、自分を誤魔化すためではなく自然とそう思えるから。

引き寄せられて強く抱きしめられた。触れ合う肌の体温が緊張するけれど、温かくて気持ちいい。

そっと背中に手を回すと、耳にキスをしたウィルに囁《ささや》かれた。

「部屋に行こうか」


なんだかふわふわする。ちゃんと立っているはずなのに現実感がない。

柔らかいバスタオルで身体を拭いたけれど、このあとはどうすればいいのだろう。ずっと同じことが頭の中をぐるぐるとしている。

プールで遊んだからシャワーを浴びたいという私のわがままを、ウィルは受け入れてくれた。一人で頭からお湯を浴びている時も、上がってパウダールームに出たいまも、心臓が落ち着かない。

身体はどこまで洗うのだろうとか、メイクを落としてしまったけれどまたしたほうがいいかなとか。

「あ……下着を持ってきていない」

水着姿のまま部屋に戻り、すぐに浴室に来てしまったから、着替えは全部部屋だ。

ここにあるのは真っ白なバスローブのみ。欧米人のサイズのものだから私が着るとひざ下まで丈がくるのは分かっているけれど、素肌にこれ一枚だけでウィルの前に出て行くのはさすがに……けれど、これからそういうことをするのだから、着ないほうがいいの？　あまりにその気だと思われるのは恥ずかしいし、ウィルに引かれたら無理だ。もう二度とこんな勇気は持てなくなる。

タオルを身体に巻いてバスローブを見下ろしながらどうしようと唸《うな》っていたら、コンコンとノックの音がした。

「美緒、大丈夫？」

「え、あの、はい！」

待たせすぎてしまって怒らせたかもしれないと、薄く扉を開く。

「遅くてごめんなさい」

「大丈夫だよ。でもあんまりゆっくりだったから、心配になってしまったかな」

パウダールーム内に置かれた時計を見ると、シャワーを浴びはじめてからいつの間にか一時間も経ってしまっていた。

「すぐ出ますっ」

「急がなくていいよ。中で倒れていたらどうしようと思っただけだから」

「でもウィルもシャワーを浴びますよね」

プールって水に入っているはずなのに、上がると身体を洗いたくなるから不思議。それなのにウィルのことも考えずに自分のことだけで頭がいっぱいだった。

「僕はもう他の部屋でささっと浴びてきたから」

「そう……なんですか？」

見れば、ウィルは水着ではなくラフなカットソーとスラックス姿だった。なるほど、ホテルの廊下はオフィシャルな場所だからだろう。

そうなると、ますます自分だけバスローブ一枚では出ていけなくなる。

「あの、ごめんなさい。少しだけ部屋を出て行く……まではしなくても、向こうのほうを向いていてくれませんか？」

「構わないけど、どうかした？」

「……着替えを、取りに行きたくて」

薄く開いた隙間からウィルの目がきょとんと丸くなったのが見えて、私はドアの陰に身体を隠した。見えているはずがないと分かっていても、バスタオルの合わせ目をきゅっと掴《つか》む。

「バスローブはそこに置いてあるよね」

「……はい」

やはりそれ以上は必要ないのだ。私はドアを閉めて、深呼吸をする。

考えはじめるとまた一時間が経ってしまう気がして、鏡を見ないようにしながらバスローブを手に取った。

これから本当にウィルに抱かれるのかと意識すると、自分の顔を見ることができない。

腕を通して、往生際悪く帯を強めに結ぶ。手櫛《てぐし》で簡単に髪を整えて、震えそうな手を握りしめた。

ドアを開けると、ウィルがまだそこに立っていた。

「お……お待たせ、しました」

「ちゃんと最後の覚悟はしてきた？」

「……はい」

「一応確認するけれど、ベッドに入ったら美緒が泣いて嫌がっても、もうやめてあげられないよ。

さすがにこれ以上の忍耐は僕も持ち合わせていない」

「ごめんなさい」

最初の夜に力尽くでされても文句を言える立場じゃない。今日まで待ってくれたのはウィルの善意だ。そこに甘えさせてもらっているのは理解している。

いまだってプールではなく部屋に移動して、シャワーまで浴びさせてくれた。

そう思い謝罪すると、「そうじゃないよ」と頭を撫でられた。

「美緒を傷つけたくないんだけれど、情けないことにこれ以上は僕のほうが無理なんだ」

「情けなくなんて……」

「だから美緒がまだ躊躇《ためら》うならここでやめにして、いますぐ服を着て外に遊びに行こう」

ああ、どうして私はこうなんだろう。ウィルにここまで言わせてしまうなんて。

着替えがなくて悩むとか、帯を強く結ぶとか、私がすべきなのはそういうことではなかった。

ウィルとの間にある一歩分の距離を縮めて、自分から抱きつく。私から触れるのは初めてかもしれない。

「あの、ほんとに私こういうことに慣れていなくて……多分どれだけ覚悟をしても怖気《おじけ》づいてしまう時があると思うんです。でも、もうやめないでください」

「……本当にいいの？」

「私をウィルの奥さんにしてください」

たとえ偽物だとしても。

カットソーに顔を埋《うず》めながら言った。目を見て伝える勇気はない。これがいまの私の精一杯だ。

それに応えるように、ウィルは強い力で抱きしめ返してくれた。

「ありがとう」

膝の裏に腕を入れられ持ち上げられたので、私はウィルの首に手を回してしがみつく。歩く音やドアを開ける音より、心臓のほうがうるさい。そっとベッドに下ろされて、鼓動が限界を超えて止まってしまうのではないかと心配になった。

「美緒」

優しい声音で名前を呼ばれ、そっと腕の力を抜いた。すぐ近くのウィルの顔を見つめ返す。

「顔が真っ赤になっているね」

「心臓がドキドキしすぎて痛いくらいです」

「本当だ」

ウィルの手が胸の上に置かれた。ますます胸の音が大きくなり、自分の耳にも聞こえそうなくらいだ。

それでも、もう逃げ出したいとは思わなかった。

視線が絡み、自然と目を閉じる。頬に、額《ひたい》に、鼻の頭に、顔中にキスをされた。促《うなが》されるように肩を押されて、ゆっくりと背中がベッドのシーツに沈む。

ここで何度、抱きしめられながら眠っただろう。男の人のぬくもりに緊張していたはずなのに、いまでは安心してしまう。

首筋にキスをされながら、腰の帯をほどかれた。きつめに結んだはずなのに、あっけなくバスローブの前が開かれる。

レースのカーテンから入る日の光はまだまだ明るくて、すべてを照らされてしまう。

こんな昼間から人には言えないいやらしいことをするのだと、改めて意識した。

流れるように布地を腕から引き抜かれ、シーツの上で身体を晒《さら》す。下着も身につけていないから恥ずかしいところまで、すべて。

「すごくキレイだね」

身体を起こしたウィルの視線が肌をなぞる。それだけでゾクゾクするのはなぜなのだろう。

私は自分よりも大きい手を取り、胸へと導いた。

「美緒？」と目を丸くするウィルに、勇気をかき集めて笑う。

「プールでの続きをしてください」

「……うん」

指先が意思を持って柔らかい膨らみを持ち上げた。少しきめの粗《あら》い指先に先端を引っかけられて、「あんっ」と声が出る。恥ずかしくて口を塞ぎたくなったけれど、我慢した。

嫌じゃないというのを伝えたい。自分が感じていることを。

見下ろされ様子を見られながら、両方の胸に触れられた。形をいいように変えられる。色付いている周囲を撫でられ期待に速まる心臓を見透かすように、きゅっと摘《つま》まれた。ぴくんと身体が跳ねる。

「下も触ってほしい？」

「……え」

「腰が揺れているよ」

「っ！」

いつの間にか無意識に身体が動いてしまっていたらしい。耳まで熱くなって咄嗟《とっさ》に飛び出しそうになった否定の言葉を呑み込む。

かすかながらも、きちんと頷いた。

「触って……ほしいです」

はしたないけれど、相手がウィルだから大丈夫だという確信がある。私の勇気を笑ったりからかったりするような人ではない。その予想は裏切られることなく、嬉しそうに微笑みを返された。

「じゃあ自分で足を開いてくれる？」

「は、い……」

言われるがまま、そっと足を動かす。震えてすんなりとはできなかったけれど、急《せ》かされることはなかった。

少しひんやりしたそこに、熱い視線を感じる。頭の中が沸騰しそうだ。普段は下着で隠して自分でも見ないところを、ウィルが舐めているなんて……

……え？

「ウィルっ!?」

「なぁに？」

自分の足の間からウィルが顔を上げる。なんでもないかのように問いかけられて、私は戸惑いのままぎゅっとシーツを掴《つか》んだ。

前にもされたし、これが普通なのかもしれない。

こくんと唾を呑み込んで、私は小さく首を振る。

「なんでもありません」

すると私の様子に何を思ったのか、ウィルは背中に枕を置いた。ふかふかで大きく、クッションのような枕を二つ。

「自分が何をされるのかをよく見ていて」

「え？」

「分からないことは変に想像が膨らんで、さらに怖くなるよね。きちんと知れば、次からは恥ずかしくなくなっていくと思うから」

次という言葉が胸の奥に響く。ウィルにとってこれは一回限りの行為ではないのだと。

一か月という限られた時間だけど、求められている気がして嬉しい。

分かりましたと返事をすると、長い指が触れた。ちゅぷんと水音がして、そこが濡れていることを教えられる。

「ほら見て。美緒の身体はちゃんと僕を受け入れる準備をしてくれている」

「はい」

「キレイで、とても美味《おい》しそうだ」

「……あぅっ」

ウィルがそこにキスをした。赤い舌が出され恥ずかしいところを舐める。見ているように言われたから視線を外すことができない。

今度は膝をもっと立てて、大きく広げられた。まるで自分から腰を突き出しているような格好でウィルの舌を受け止める。突かれたり舐め上げられたりするたびに、腰のあたりがゾクゾクして止まらない。

「ん……っ、あ、んんっ！」

「美緒、気持ちいい？」

「んっ、は……い」

問いかけられて頷く。身体の奥から湧き上がるものが快感なのだと教えられた。前に感じていたのは戸惑いと恐怖だったのに、いまは甘い期待に変化している。

「指を入れるよ」

「っ……ぁあんっ！」

つぷんと長い指が挿入された。そうは見えないのに、こうして身体の中で感じるととても太い。枕を握りしめながらよくわからない感覚に堪《た》えていると、入り口のあたりを唇で吸われた。

びくんと広げられた足が空中を蹴る。

「大丈夫だよ。痛いことはしないから、リラックスして」

「そ……んな、こと……っ！　あ、ひゃんっ！」

言われた通りにしたいけれどできない。ウィルの舌で唇で、そこを刺激されると身体が勝手に跳ねてしまう。

気持ちよさが急速にお腹の中に溜まって、熱い。

「ああ……っ、ん！　それ、あっ！　なんか、へん……！」

リラックスするどころか、ウィルの指を締め付けている。

何かがせり上がってくる予感。この感覚を知っている気がする。前にウィルに与えられた、あの頭が真っ白になるような。

「いいね、美緒。そのまま素直に達してごらん」

「っ……ん、あ！　ぁあっ！」

敏感になっている場所を柔らかい唇についばまれて、つま先にぎゅっと力が入った。溜まっていたものが解放され、全身に広がる。ウィルの指の形を中で味わいながら、頭の中が快感に占領された。

山を越えると虚脱感に襲われ、枕に身体が沈む。口から漏れる息が熱くなっている。

「気持ちよかった？」

「……はい」

「じゃあ、もう少し頑張れる？」

小さく頷くと、中の指が二本に増えた。身体が脱力しているせいか、一本目の時よりもスムーズに入った。

ウィルもそれを感じたのか、中の指がゆっくりと動かされる。解放されたはずの熱が、またお腹の奥に灯《とも》される。

「んん……っ、また」

「気持ちよくなってしまう？」

「ん……！」

頷きながらも、やめてほしいとは思わなかった。

ウィルに与えられるもので嫌なものなんてなかった。いつも私のことを見て、考えてくれている。いまも私の身体を最優先にしてくれている。

「っぁあ！」

何かを探すような動きをしていた指がある一点に触れた時、背中を電気が走り抜けた気がした。

「ここ、好き？」

「あっ！　ん、あ！　そこ、あ……っ！　ああ！」

「美緒は感じるのが上手だね」

褒められたことがなんだか嬉しくて笑うと、ウィルも微笑み返してくれた。視線が絡んだまま、ウィルは楽しそうに赤い舌でちろちろと刺激する。

指が動くたびにいままで聞いたことがないような水音がして、全身でウィルを欲しがっているような錯覚がした。いや、勘違いではなくて、本当にそうなのかもしれない。

「ウィル……っ、ウィル、また、私……っ！」

「いいよ。美緒がたくさん気持ちよくなってくれると、僕も嬉しい」

「……あ、んんーっ！」

私が感じることがウィルにとっての喜びになる。そう知った瞬間、また熱が膨らんで決壊した。身体がどろどろに溶けて形がなくなるような、逆にすごく圧縮されてぎゅっと固くなるような、真逆の感覚に襲われる。

目の前にいるはずの顔がぼやけて、自分が泣いていることに気が付いた。次から次へと襲われる濁流のような刺激に、どこかがおかしくなってしまったのかも。悲しくなんてないのに。

「大丈夫？」

「……ん」

ウィルも心配してくれたのかもしれない。指を抜いて、上から顔を覗きこんできた。そして、頬に流れた涙を唇でぬぐってくれる。

「嫌とかではないので、大丈夫です」

「よかった」

安心したように眉をさげる表情に、胸がきゅうっとした。私のことを思ってくれているのが言葉よりも伝わってくる。

私はゆっくりとウィルに手を伸ばした。

「手を握っていてくれますか？　その、やっぱりちょっと怖いので」

「もちろんだよ」

ウィルは、きゅっと指を絡めて強く握ったあと、少し待っててねと何かをごそごそとする。

そして、頬に、額《ひたい》に、耳にキスをしながら覆いかぶさってきた。さっきまで指が入っていたところに、何かがぴったりと当てられる。

その正体を想像して、私はウィルを見上げた。

「入るところを見てもいいですか？」

「……怖いなら、見るのはやめておいたほうがいいんじゃないかな」

「さっき、想像するほうが怖くなるかもしれないって言いましたよね」

「よく覚えているね」

確かに、何も分からないと頭の中で嫌な考えが膨らんでいく気がする。

ウィルが軽く身体を起こした隙間から、下を見た。

自分の足の間に押し付けられている、整った外見からは想像できない生々しい姿のソレに目が吸い寄せられる。お腹に付きそうなくらい反り返っていて、狂暴そうだ。でも視線を上げて困ったように笑うウィルを見て、緊張していた気持ちが和《やわ》らぐ。

「もう大丈夫です」

「ありがとう」

お礼を言うのは待ってもらった私のほうなのに、ウィルは目元にキスをしながらそう口にした。

繋《つな》いでいた手をまた強く握りしめられると、下半身に力が入る。自分の中心が開かれる感覚に目をやれば、ウィルの先端が身体の中に入ってきていた。

「……っ」

指とはまったく違う圧迫感と広げられる痛みに息が詰まる。大丈夫かと問いかけられても頷くことしかできない。

これは得体の知れないものではなくて、ウィルの一部。そう自分に強く言い聞かせると、ほんの少し痛みがマシになった気がした。

「やっぱり狭くてキツい、ね。ここを触りながらにしようか」

「……え？」

ウィルの指がさっきまで舌で弄《いじ》られていた場所に触れた。

「ぁあっ！」

びくんっと背中が跳ねる。痛みの中に、強烈な気持ちよさが生まれる。

「あっ、あ！　……っあ、んんっ！」

喉から勝手に声が漏れる。ウィルの指が動くたびに、さっきまでの痺《しび》れるような感覚が再燃する。

いや、違う。それ以上だ。身体の中をゆっくりと進んでいくものに胸がどきどきしてたまらない。

「ウィル、うぃるっ！」

「大丈夫だよ、これで……全部、だ」

「あ、あんんっ！」

パチンと肌がぶつかる音とともに、お腹の奥を押し上げられた。身体の中が、これ以上ないくらいウィルのそれでぎちぎちに埋まっているみたいだ。苦しいのに、それだけではない何かを感じてたまらなくなる。

「痛くない？」

「……っ」

「動いても、大丈夫そう？」

「……っ！」

言葉で返事をすることができなくて、何度も頷いた。

ウィルが抱きしめるように覆いかぶさってくる。枕と身体に挟まれて身動きがしづらいながらも、彼の背中に手を回すと、ぴったりと肌が重なった。

「あ……っ、あ、ああっ！」

ゆるやかに何度か行き来すると、ウィルはそのキレイな顔に似合わない荒々しさで腰をぶつけてきた。目の前の景色がブレる。

「あ……あっ！　ま、ってぇ……っ！」

頭を振って制止すると、動きを止めてくれた。耳元で荒い息をついたウィルが、掠《かす》れた声で「どうしたの？」と問いかける。

私は、ごめんなさいと何度も謝った。

「どこか痛かった？」

その問いに、私は頭を振って否定した。そういう心配をされるのは当然だ。私も同じ不安を抱いていたから。けれど現実は小説よりも奇なり、と本当に昔の人はよく言ったものだ。

「痛くは、なくて……」

「うん」

じっとしているせいだろうか、自分の中に埋められたウィルの形を感じて、勝手に息が荒くなってしまう。ほんの少しの動きで何かが決壊しそうで、指先まで緊張する。

「美緒？」

ウィルに心配をかけ、過度の忍耐を強《し》いているのは分かっている。せめて事情を説明しなければいけないのに、うまく話せない。

「本当に、無理をしていない？」

「ぁあっ！」

背中に回していた手をほどかれ、ウィルが身体を起こした。その僅《わず》かな動きにつま先が跳ねる。

「どう……、してぇ？」

私の顔を真っすぐに見つめている顔が涙で滲《にじ》む。悲しいわけではないのに、勝手に涙が流れ落ちてしまいそうになる。すると、宥《なだ》めるように頬を撫でられた。

「落ち着いて、美緒。馴染むまでもう少し待つから」

「違う、の……っ」

これ以上の負担はかけられないと、私は深く呼吸をして口を開いた。

「初めては、痛いんじゃないん……です、か？」

性行為に対する知識が豊富にあるわけではないけれど、それくらいは知っている。確かに挿入時は身体を裂かれるかと思った。けれどいまは……

「気持ちよすぎて……おかしくなりそう、です」

痛みはもうどこにもない。あんなにも大きいものがみっちりと埋められているのに、気持ちよすぎて怖いくらいだ。

それでも不思議なのは、やめてほしいとは思わないことだった。

「おかしくなっても大丈夫だよ、僕がいるからね」

ウィルは私を安心させるように、指を絡ませて手を握った。強いくらいの力に頼もしさを感じる。

頷くと顔が近づき、耳にキスをされる。ぞくっとする甘い刺激に声が出た。

「動くよ」

「はい。……ぁあんっ」

ぬるっと引き抜かれたものが一気に奥まで入って来た。中を擦《こす》られて足が跳ねる。気持ちいいことへの恐怖も、繋《つな》いだ手から溶かされていく。

それどころか、突き上げられるたびに自分の中が潤《うるお》っていくのが分かる。乾いた地面に水を与えるように満たされて、ウィルの気持ちをそのまま感じている気分。シーツは垂れたものでひどいことになっているかもしれない。

触れている肌の熱が少し高いのは、私も同じだろう。温度を分け合ってお互いを高め合っているようだ。

たくましいものが中を行き来するたびにあられもない声が上がるけれど、我慢ができない。狭い中をぐりぐりされて、必死にウィルの身体にしがみつく。自分が自分でなくなっていく。

それくらい、何もかもが気持ちいい。

「すごい……ね。美緒の中、よすぎて……あんまり、もたなさそう」

ウィルの声が掠《かす》れている。いつも何をしても余裕を感じるのに、いまは切羽詰《せっぱつ》まっている姿を見て、嬉しくなった。

私がウィルでいっぱいになっているように、ウィルも私でたくさん感じてほしい。そんなことを考えながら荒い吐息を耳元に感じると、幸せな気分になる。

「もう……っ、もう！」

「達してしまいそう？」

「っ！」

何度も頷いて、主張した。頭からつま先まで全部、すごい。

「きもち……いい、ですっ！　んんっ、おかしく……ぁあっ、なっちゃ……ひぁん！」

「可愛いね。美緒は全部、何もかも、可愛すぎる」

そう言われて胸が高鳴った。オブラートに包まれていない、甘いはちみつのような褒め言葉にすべてが浸《ひた》される。

それが引き金になり、一気に快楽の海に突き落とされた。

嬌声を上げて、中に入ったウィルのものを締め付けてしまう。心臓の鼓動のように脈動する内部で、ただでさえ体積のあるそれがぐぅっと膨らむのを感じた。あ、と思った瞬間、被膜越しに熱いものを放たれたのが分かった。

「……み、おっ！」

最後の瞬間にまで名前を呼ばれて、頭の芯のあたりが悦《よろこ》びで痺《しび》れた。

三　疑惑と告白

目が覚めるとウィルはとっくに起きていたようで、すぐに視線が合った。

抱きしめられたまま朝を迎えるのが当たり前になりつつあると思いながら、額《ひたい》にキスを受ける。

この欧米式の挨拶《あいさつ》にもだいぶ慣れてきた。ウィル限定だけど。

「おはよう。身体の調子はどう？」

「……大丈夫、です」

本当は腰とか、変な力の入れ方をしていたのか太ももとか腕とか、あちこちが痛いけれど。

昨日も散々心配され、問いかけられるたびに何をしたのかを思い出してしまうから複雑な気分だ。

ついに最後までしてしまったという頭まで布団に隠れたいくらいの恥ずかしさと、前よりウィルを近くに感じるようなくすぐったさが湧き上がる。

「食事は部屋でする？　それともホテルのレストランにするかい？」

ウィルにゆるく抱きしめられながら顔中にキスを受けた。

「いま何時ですか？」

「そろそろ七時だよ」

仕事に行く日の起床時間は六時だったのに、ここに来てからお昼まで寝ている日が多くて、生活のリズムがおかしくなってしまうかもしれない。

昨日はプールではしゃいだり、そのあとにあんなことをしてしまったり、いつになく体力も精神力も使った。夜も早くにベッドに入ったはずなのに、まだ疲れが残っているのか少し怠《だる》い。

どうしようかなと明るい陽射しの零《こぼ》れるカーテンを見ていると、耳に吐息を感じた。

「まだ早いから、もう少しだけこうやってイチャイチャする？」

低くて甘い響きに身体の奥がぞくっとして、私は慌てて耳を押さえた。

「レストランに、行きたいですっ」

二人きりでいると心臓が持たなさそうだ。元々甘いウィルの雰囲気が、もっととろけそうになっている。いまも、慌てて起き上がった私を見て笑うその顔に「幸せ」と書いてあるようだ。

その原因が私との行為にあると思うと悪くはない……というよりも、嬉しい。

恥ずかしがらずに受け入れようと決意したのに、想像以上に刺激を与えられるから困る。追い付こうと頑張っても、相手は常に数歩先にいる感じ。

でも、それが嫌ではないから余計にくすぐったい。


「そういえば、美緒はラスベガスに来て何をするつもりだったの？」

レストランのモーニングを食べながら、ウィルが問いかけてくる。

このホテルの朝は常にビュッフェで、メニューも日替わり。昨日までは見なかったノルウェー産のサーモンとスモークチーズを挟んで作ったサーモンサンドを齧《かじ》っていた私は、オレンジジュースを飲んでから答えた。

「特にこれといって目的があったわけではないので……」

「そうなの？　じゃあなんでわざわざこんなところまで？」

その疑問ももっともだ。日本から飛行機を乗り継いで十時間以上もかかるのだから、なんとなくで来るような場所じゃない。

問われて、久しぶりに休暇の原因を思い出した。ここに来てから色々と起こったので、すっかり忘れていたことに自分でも驚く。

「笑わないでくださいね？　初めてできた彼氏に突然振られて、傷心旅行中だったんです」

「……美緒は、その彼氏のことを好きだったの？」

「いいえ」

即座に首を横に振った。前だったら、そうかもしれませんと答えたかもしれないけど、いまは違う。

私の返答に、ウィルの肩の力が抜けたのが見えた。

「旅行代理店で、気分転換ならとオススメされたのがここだったというだけで、深い理由はないんです。勢いだったから、あまり下調べもしていなくて」

飛行機の中でガイドブックを眺めたくらいだ。そういえば、あのガイドブックもスーツケースに入ったままになっている。

「……ウィル？」

「え、何？」

「なんだか考え事をしているみたいだったので」

「ああ……」

珍しく何かを考え込んでいるような姿を不思議に思い声をかけると、いつものように微笑まれた。

「美緒が旅行に選んだ先がここでよかったなと思って」

「そう……でしょうか」

ラスベガスでなければあんな怖い思いはしなかったと思うから、よかったとは簡単に思えない。

「美緒が、僕のまったく知らないところでトラブルに遭っていたらと思うとゾッとするよ。偶然にしろ、ラスベガスを選んでくれたおかげで、いま一緒にいられるからね」

「それはそうかもしれません」

思い立って行動していなければ、ウィルみたいなすごい人とは出会えなかっただろう。

笑顔に笑顔を返すと、幸せな気持ちになれた。


モーニングを終えて、一人で部屋に戻ってくる。

ウィルは今日も仕事で、「ホテルから出ないようにね」という毎日お決まりになっている言葉を残して出かけていった。

ついでに「せっかくだから観光したいところを選んでおいて」とも。

ウィルと出会わなかったら、きっと一生縁のなかったロイヤルスイートの部屋を移動した。ソファのあるリビングスペースと寝室にいることが多いけれど、荷物はもう一つの部屋に置いてある。

ドアを開け、ため息をついた。

積み上がった箱と紙袋が、かなりの存在感を放っている。服や靴や鞄《かばん》など、ウィルに買ってもらったものだ。

開封したものも少なくなく、いま着ているブラウスとスカートもこの中にあったもの。それでもまだまだ氷山の一角という状態なので、この先これをどうしたらいいのだろう。

手荷物として持って帰れる量ではないから家に送るしかないけれど、送料が恐ろしいことになりそうだ。

それともこれは、ここにいる間だけのプレゼントなのかもしれない。約束の食事会のあとに私はどうすればいいのか、確認したことはない。

日本に帰り、これまで通り普通に働く——いまがあまりにも非日常すぎて、そんな感覚が遠い。何事もなく日本に帰れるのか、そもそも一億円以上出して買った私をウィルは簡単に解放してくれるのか。

……なんだか嫌な想像が頭を掠《かす》めそうになって、慌てて頭を振った。約束の一か月まではまだ十日ある。

いまの目的はガイドブックだ。スーツケースを広げようとして、横に置きっぱなしだったバッグが倒れた。カーペット敷きの床に手のひらサイズの機械が転がり出てくる。

「……あ、ボイスレコーダーのことをすっかり忘れてた」

リスニングにそこまで自信がなかったから、あとから聞き直せるようにと思って買ってきたもの。ウィルと最初に出かけた日は一応録音していたのだけど、日本語のみで会話が成り立っていたから忘れていた。バッグもいまはウィルに買ってもらったものを使っているし。

充電が切れていたのでコンセントにコードを挿《さ》す。

……そういえば、あの日はウィルが何を言ったのか聞き取れなかったことがあった。突然、早口の英語で言われたから。寝ぼけていた時はともかく、ウィルが私との会話で意図的に英語で喋《しゃべ》ったのはあの時だけだ。

「録音できているかな？」

充電コードを繋《つな》げたまま電源を入れて再生する。鞄《かばん》の中に入れっぱなしだったわりにはきちんと録音できていて、ウィルと私の話し声が聞こえてきた。

録音されている音声を早送りする。ショッピングモールで休憩していた時だったから、ここら辺のはず……

――「ごめんね、美緒。いま、ずっと仕掛かっていたことの大詰め段階でバタバタしていて。これが終わったらもっと落ち着くから」

――「どうしてウィルは私によくしてくれるんですか？」

ああ、そうだ。ボイスレコーダーが再生する会話にひとり頷く。

この次だった気がする。

――『――――――――――――』

――「え、何？」
ピ、と止めた。巻き戻して今度はスローで再生した。
――『ずっと会えなかったから、離れていた分だけ僕も浮かれているみたいなんだ。美緒とこうして一緒にいられることをずっと願っていたから』

スローだと聞き間違えようがなかった。

心臓の鼓動が妙に速くなる。

どういうこと？

ボイスレコーダーに録音されていたウィルの言葉を何度も聞き返す。

ウィルと前にも会ったことがある？　でも私は金髪碧眼のアメリカ人の男性なんて知り合いにいない。ウィルのような印象が強い人、一度会ったら忘れるはずがない。

そうすると――もしかしたらウィルは私と誰かを勘違いしている？　その誰かだと思ったから私を買ったのかも。あのウィルがそう簡単に大切な人を間違えるだなんて思えないけれど、例えば私と背格好が同じの、同姓同名の人とか。

いや違う。ウィルが私を買ったのは、都合のいい結婚相手が欲しかったからだ。となると、いまの言葉は一体……

「考えるの、やめよう」

これ以上一人で思い悩んでいても解決はしない。部屋に閉じ籠《こ》もっていると悪い想像ばかりが膨らみそうになる。

部屋を出て、とにかく他に人がいそうなロビーに向かう。途中でカフェが目に入ったので行き先を変更した。

案内された席に座って、紅茶を注文する。窓際の席はホテルのプールが遠くに見えた。あそこで二人で遊んだのは昨日なのに、もっと前のことのように感じる。

それよりも、もっと衝撃的なことをしてしまったから。

運ばれてきた紅茶のカップを持つと、カチカチと不快な音が鳴る。自分の手が震えているせいだと分かっていても止められない。

どうしてこんなに動揺しているのだろう。

無理やり紅茶に口を付けると、熱いくらいの液体が喉を流れていく。胃の中が温かくなって、少しだけほっとした。

『貴女がミオね？』

「……っ」

目の前の椅子に突然人が腰を下ろし、話しかけられた。手にしていたカップが驚きでカチャンとソーサーに触れる。

ワンレンで腰まで届く金髪、ラスベガスという派手な街の雰囲気がすごく似合う迫力美人が、私を真っすぐに見ていた。

『どちら様ですか？』

『ミオね？』

『……そうですけど』

くっきりと引かれたアイラインの目力と、茶色の瞳の勢いに気圧《けお》されるように頷いてしまう。迫力美人さんは遠慮という単語を知らないと言わんばかりに、じろじろと私の頭からつま先までを何度も眺め、『あり得ないわ』と大きなため息をついた。

『ウィリアムってば、どうしてこんなつまらない日本人を買ったのかしら』

『……っ』

ウィルの名前が出て来たことにも、私を『買った』と知っていることにも驚く。

あの非合法な場所にウィルがいただけでも問題なのに、オークションに参加して実際に人を買っていたなんて明るみになったら大スキャンダルだ。絶対に知られてはいけないはず。

『貴女は誰ですか？』

怯《ひる》んでしまいそうな自分をどうにか抑えつけ、女性を見つめ返す。すると、女性は肉感的なボルドーの唇で笑った。

自分に自信がある笑顔に、胸のどこかがざわめく。

『貴女は何も知らないのね。私はアリシア・ステイントン、ウィリアムの婚約者よ』

『……え』

『ウィリアムってば東洋人のオモチャが欲しかったのかしら。あんなお金を出さなくても、私がいくらでも「相手」をしてあげるのに』

『っ』

アリシアと名乗った女性が腕を組んで胸を寄せる。深く開いた襟元から張りのある豊かな胸が強調されて、つい目を逸らしてしまった。

「婚約者」。その言葉が頭の中で反響する。

アリシアさんの言っていることが本当だとしたら、ウィルはどうして私を買ったのだろう。彼女と結婚すれば、大金を出して偽物を用意する必要はない。

そう考えると、彼女の「ウィルの婚約者」という発言は信憑性《しんぴょうせい》が低い。どんな善意で解釈したとしても好意的には見えない相手なのだから、遠慮せず「ウィルは私と結婚しています」と言っていいだろう。

けれど胸を張って主張できるほど、私はウィルを知らない。彼女に見透かされた通りだ。

何かを言わなければと思うけれど、さきほど聞いてしまったボイスレコーダーの内容が脳裏によみがえり、言葉が詰まる。自分の立ち位置が突然不安定になってしまった気分。膝の上で手を握っていると、座った時と同じように突然アリシアさんが立ち上がった。

『ルークに見つかると面倒なのよね』

視線の先を追うと、カフェの入り口にサトウさんがいた。どうやらお客さんを案内していたみたいだ。

『まぁいいわ、貴女がどんな女か見たかっただけだもの』

アリシアさんが私を見下ろして悠然と微笑む。強気な女性の表情に、目を逸らしたら負けのような気がして何とか堪《こら》える。

いまにも怯《ひる》みそうな私と違い、彼女は堂々とカツカツとヒールの音を鳴らして立ち去っていく。

だけど、店のざわめきの中、彼女に注視する人はいなかった。どうやらこのカフェは、ホテルの中と外の通りのそれぞれに出入り口があるらしい。アリシアさんは人の出入りが多い、サトウさんがいるのとは反対の扉から出ていったのだ。

一瞬の嵐のような出来事に、へなっと背中がソファの背もたれに付く。完全に緊張の糸が弛《ゆる》んでしまった。


「美緒、大丈夫？」

「……え」

声をかけられてはっとした。

運転していたはずのウィルが、心配そうに私の顔を下から覗きこんでいる。

ああ、そうだ。ウィルの仕事が終わるのを待って、食事して夜景スポットを案内してもらったんだっけ。せっかくウィルと一緒にいるのにぼうっとしていた自分に気が付いて、慌てて笑った。

キレイな夜景だったと思うのだけどよく覚えていない。

車はいつの間にかホテルの駐車場に戻り、止まっていた。

「大丈夫です」

「でもずっと心ここにあらずという感じだよ。昨日の今日だし、疲れた？」

「い、いいえ」

心臓が妙な音を立てたのを気が付かれないように首を横に振りながら、私はシートベルトを外す。ボイスレコーダーのこと、アリシアさんのこと――立て続けに起こった出来事が頭の中でずっと回っていて、他のことが手に付かない。

車を先に降りたウィルが助手席のドアを開けてくれた。自然と差し出された手を見つめてしまう。この手が私の身体に触れたのは、何かの間違いだったのかもしれない。

「美緒、どうしたの?」

動かない私を見て、ウィルが不思議そうな顔をする。いつもすごく紳士的で優しい人だけど、実はとんでもない大嘘つきなのかも。

非合法な場所に平気で出入りしているのだから、まっとうなだけの人じゃない。それは元々分かっていたはずなのに、私が目を逸らしていたこと。

「……なんでもありません」

自分でも不自然だろうと自覚できる笑顔を貼りつけ、目の前の手を取った。車を降りて並んで歩くと、そっと腰を引き寄せられる。

離れればいいと思うのに、すぐ横にあるぬくもりが心地いい。いつの間にこんなふうになってしまったんだろう。

胸の奥がぎゅうっと苦しくなって俯《うつむ》くと、ウィルが足を止めた。

「何か悩みがあるなら話してほしいな」

「……なんでも、ありません」

同じことしか返せない自分がもどかしい。自分の中でも色んなことが処理しきれていないし、何が一番気になっているのかもよく分からない。

「でも美緒、一人で抱えているより、誰かに言ったほうが楽になることもあるよ」

それはそうかもしれない。

でも話した瞬間、何もかもが崩れてしまったら？

初めて付き合った人とデートをした日、緊張したけれど私は楽しかった。でもその日から連絡が付きづらくなり、距離ができてしまった。そして、意味が分からないまま別れを告げられた。

交わした言葉も、一緒に過ごした時間も、すべてが私の独りよがりだったのかなという喪失感は忘れられない。

確かに初めて告白されて舞い上がっていただけで、彼のことを好きだったわけではない。恋愛とは違ったのかもしれないけれど、好意的な感情があったのは確かだったのに。

ウィルにも同じようにそっぽを向かれたら……？

私にはこの人に踏み込んでいい権利はない。ウィルが優しくて忘れてしまいそうになるけれど、お金ではじまっただけの関係だ。

こうして気を使ってくれるのは、本物の夫婦に見えるようにするためでしかない。勘違いして、思い上がってはいけない。

昨日のこともウィルにとってはビジネスで、対外的により完璧に夫婦を演じられるようにしただけ。それで構わなかったはずなのに。

「美緒」

「本当に、なんでもないんです！」

口に出してから、思った以上に強い口調に自分で驚いた。慌てて口を押さえるけれど、一度発してしまった言葉はなかったことにはできない。

ウィルを見上げると、困ったように眉を下げている。

「ごめんなさい」

「ううん、僕のほうこそしつこく聞いてごめんね」

彼が謝る必要はないのに、そう言えない。こんなに気まずい空気は初めてだ。

そのあと、ウィルがあえて明るい口調で「部屋に戻ろう」と言ってくれたのに、私は頷くことしかできなかった。

◇◇◇

「今日はお昼からこのホテルで大きな会議が開かれる予定なんだ。そのせいで少しバタバタするかもしれない。夕方には落ち着くはずだから、夜ご飯は一緒に食べようね」

そう言うウィルをベッドから見送ったのは朝も早い時間だった。

私が目を覚ました頃にはもうスーツに着替えていて、こちらが起き上がる隙もなく出ていってしまう。そんな状態がもう五日も続いている。

ウィルの忙しさが原因だけれど、正直助かっている。心配してくれた気持ちを拒絶してしまってから、うまく接することができないでいるから。

一人でモーニングを食べながら、ため息を押し殺す。

一緒にいても楽しく話すことができないのに、一人での食事はどこか物足りない。なんてわがままなのだろう。

『すみません。そろそろモーニングの時間は終了になります』

ウェイターに声をかけられて顔を上げた。いつの間にかレストラン内には人がいなくなっている。ぼんやりしすぎだ。

私はウェイターに謝罪をして、パンを紅茶で喉に流し込んだ。前と変わらず美味《おい》しいはずなのに、妙に味気なく感じる。

夕方までどうやって過ごそう。部屋に一人でいるような気分ではないからと、ホテル内のショップもここ数日で何度無暗《むやみ》に回ったか。

そういえば、ラスベガスにも本屋さんはあるのだろうか。ウィルはどんな本を読むのだろう……

ロビーを歩いていた足を止めた。一人でいても、ずっとウィルのことばかり考えてしまっている。

「どうかしましたか、ミオさん」

「あ……サトウさん」

後ろからかけられた声に振り向くと、サトウさんが立っていた。

「あの、少しぼんやりしてしまっただけです」

「そうですか」

ウィルと気まずいせいか、なんとなくサトウさんとの空気も居心地が悪い。部屋に戻りますと口を開く前に、サトウさんがホテルの中庭を指さした。

「お時間があるのなら散歩などいかがでしょうか」

「あの、二人で……ですか？」

「今日はウィリアムが忙しいのでお時間が空いているかと思いましたが、何か他に用事がありますか？」

そう言われてしまうと断る理由がなくなってしまう。小さく頷き、二人で中庭へ移動した。

南国風の背の高い木が多く植えられている中庭は、木陰も多くて歩くと気持ちがいい。ラスベガスは昼間の陽射しが少し強いけれど、木の葉に遮《さえぎ》られると涼しく感じる。

「今日は大きな会議が開かれると聞きましたが、サトウさんは大丈夫なんですか？」

「問題ありませんよ。ウィリアムは参加しなければいけませんが、私の事前準備はもう終えていますから」

「そうなんですね」

「見えますか、ミオさん。あの花は、ラスベガスの中ではうちのホテルでしか見ることができないんですよ」

「キレイですね」

示された方向には真っ赤な花が風に揺られていて、目を楽しませてくれた。

ホテルの中庭と一口に言っても、敷地自体が広いからなかなかの面積がある。しばらくそんなふうに他愛ない会話を交わしながら歩いた。

話題が途切れほんの少しの間ができた時、サトウさんが口を開く。

「ウィリアムと一緒にいるのは疲れませんか？」

「え……」

「ほら、彼は強引でしょう？　自分の思い通りに事を進めたがる。私の時もそうでした」

語ってくれたのは、ウィルとサトウさんの学生時代のことだった。

飛び級同士で目立っていた二人は意気投合したけれど、大学に残り研究者の道を歩もうとしていたサトウさんをホテル業界に引き込んだのはウィルらしい。それも研究室の教授に勝手に根回しをして、退路を断ってしまったとのこと。

そういえば、自己紹介の時にもそんなことを話していた。

「ひどいと思いませんか？　私の人生を勝手に決めてしまったんです」

「サトウさんはこの業界にまったく興味がなかったんですか？」

「……え？」

私が問いかけると、サトウさんが足を止めて目を丸くした。

「ウィルは確かに強引なところがありますけど、嫌だと思っている人に対して自分の意見を押し付けるようには思えなくて」

確かに私との結婚は強引だったけれど、もっと力尽くで関係を進めようと思えばできただろうに、そうはしなかった。私が自然と受け入れられるまで待ってくれた。

そんなウィルが、サトウさんの意思や意見をねじ伏せて思い通りにするとは思えない。

「……ごめんなさい。二人のことを深く知っているわけでもないのに、偉そうなこと言ってしまって」

「構いませんよ。私の両親は『能力のあるものは学問の発展に寄与すべきだ』という意見の人たちで、優れた頭脳の私は研究室に残る以外の選択肢はないと常日頃から言われていたんです」

「あの、それじゃあサトウさん自身は……」

「はい。ウィリアムと事業を興《おこ》すことに興味を持っていました」

サトウさんが本気で研究室に残りたいと思っていたら、ウィルはその意思を尊重していたのではないか。そんな気がする。

「彼は他人の意見を無下《むげ》に切り捨て、聞く耳を持たないほど狭量ではありません。そのことをミオさんも理解してくださっていてよかったです」

「……もしかして、ウィルから何か言われましたか？」

サトウさんが口を閉じ、困ったように微笑んだ。肯定はされないけれど、否定もされない。

「何か悩み事があるのでしたら、素直に話をしてみることをおすすめいたします」

素直にと言われても、自分がどうしてこんなにもやもやしているのかよく分からないのに。

仕事に戻るというサトウさんと別れて一人でホテルの中を歩いていたら、明らかに観光客とは違うスーツを来た人たちががやがやと入ってきた。

今日の会議に参加する人たちかもしれないと、私はスーツの迫力に気圧《けお》されるように端に寄った。

壁にもたれかかりながら、ため息をつく。私、何をしているんだろう。

『おい、そこのお前』

「……え？」

声をかけられ、顔を上げた。

スーツの集団の中から一人、でっぷりと太った男の人がこちらに来る。ラスベガスに知り合いなんていないはずなのに、どこかで見たような気が――

『お前、この前の商品だろう』

「……っ！」

思い出した、あの地下オークションで最前列に座っていた人だ。値踏みするような視線で私を見ていて、ウィルがいなかったら落札していたかもしれない人。

ぞわっと全身に鳥肌が立った。

後ずさろうとして、そもそも壁際にいたせいでこれ以上は下がれないことに気が付く。

『なぜこんな場所に一人でいるんだ？』

「……」

『ああ、そういえばこのホテルはあの男の持ち物だったか。それにしても、こんなフラフラと歩いているなんてな』

高そうなスーツのボタンをパツパツにしたおじさんが目の前に来て、私を見下ろした。妙な威圧感とあの時の恐怖を思い出して動けなくなる。

ぼってり脂《あぶら》ぎった唇がにやっと笑った。

『あんな若造に横からかっさらわれたのは口惜しいが、一人寂しくしているのなら私が改めて飼ってやってもいいぞ』

言われた言葉に思いきり首を横に振る。こんな人とはほんの少しも一緒にいたくない。

『お前は初物だったのだろう？』

「え……」

『日本人の初物が出品されるなど前代未聞だ。かえすがえすもお前を落札できんかったことが残念でならん』

あの会場で進行役の人が何かを言った途端、ざわめきとともに場が一気に過熱したことをふと思い出した。

心当たりはある。

ラスベガスに着いたばかりの時にバーで、初めての彼氏にすぐ別れを告げられたことを愚痴っていたから。それがそのまま伝わってしまったんだろう。

ぎゅっと手を握りしめる。この人から離れたいと思うのに、足が震えて動いてくれない。

上から下までをねっとり舐めるように見られ、舌なめずりをされた気がした。

『やはり日本人は従順そうでいいな』

従順？　こんなに嫌で怖くて逃げ出したい気持ちなのに、この人には私が大人しくここに立っているだけに見えるの？

あまりの気持ち悪さや腹立たしさに、何かが喉の奥からせり上がって来た。

「貴方、なんか……」

『ん？』

『あ、貴方なんかに買われなくてよかったです』

『なんだと……っ!?』

『従順そうだとか飼ってやるだとか、そんなことを言う人なんて絶対に嫌！』

『ただの商品が生意気なっ』

おじさんが手を振り上げるのが、スローモーションのようにゆっくり見えた。

叩かれると思い、反射的に目を瞑《つぶ》る。衝撃に備えるべく無意識に身体に力が入った。

『僕の妻に何か用事ですか？』

覚悟した痛みではなく聞き慣れた声がして、私は顔を上げた。

まず目に飛び込んできたのは金の髪。いつの間に現れたのか、振り上げていたおじさんの手首を後ろから掴《つか》んでいた。

いつも穏やかで笑顔のウィルが、背すじが震えそうなほど冷たい視線でおじさんを見ている。

「美緒、こっちへおいで」

ふわっといつもの笑顔で微笑まれ、安心感が胸に広がった。恐怖で固まっていた足が自然に動き、ウィルの後ろに隠れるように回る。

『何をするっ！　離せ！』

『当ホテル内での暴力沙汰は警察を呼びますよ』

ウィルが手を離すと、おじさんが手首を撫でた。赤く指の痕が付いているけれど、同情する気にはなれない。

私はきゅっと、ウィルのスーツの裾を掴《つか》んだ。

『この若造がっ！　私を誰だか分かっての狼藉《ろうぜき》かっ』

『知っていますよ。経済界に巣食っている老害です』

『調子に乗りおって！　こんなホテル、私の手にかかれば簡単に潰せるということを理解していないようだなっ』

『いまのは脅迫ですね。そちらがその気なら、こちらも脅迫罪で貴方を訴えます。司法の場で争いましょうか』

『生意気な……っ！　証拠もなしにやってみろ！　名誉棄損でこちらが逆に訴えてやる！』

泡を飛ばすほどの勢いでおじさんが吠える。迫力に呑まれないようにごくんと喉を鳴らしてから、私はそっとウィルの背中から顔を出した。

『証拠ならあります』

『なんだとっ』

ギロッと音がしそうなくらいの勢いで睨まれ、怯《ひる》みそうになる。するとウィルが後ろに手を伸ばして、スーツの裾を掴《つか》んでいた私の手を包んでくれた。

温かさと心強さに背中を押されて顔を上げる。

『これ……いまの会話を録音していました。私のことを「商品」と言ったことも全部録れています』

ウィルに包まれているのとは反対の手で、鞄《かばん》からボイスレコーダーを取り出した。ショッピングモールでの言葉が気になり、ここ数日ずっと持ち歩いていたのだ。

以前と同じように鞄《かばん》に入れていたから、きちんと録れているはず。ボタンが押されていたのは偶然で、録音のライトが点滅していなかったら気が付かなかっただろう。

ボイスレコーダーを見て、紅潮していたおじさんの顔からさあっと血の気が引いた。

『それをよこせっ！』

『妻に手を出すのはやめていただきます。ビジネスの場以外で今後、僕と彼女を見かけても近づかないでください』

おじさんが伸ばしてきた手を、ウィルがぱんっと音を立てて払い落とす。

『いまの立場と名誉を傷つけたくなければ、二度と僕らに関わらないことです。いいですね？』

取り付く島もなくきっぱりと言い切ったウィルを、おじさんがギリギリと歯を噛みしめながら睨みつけた。最後に早口の英語で何かを言い捨て、背を向けて歩いていく。重たそうな身体がどすどすと離れていくのにほっとした。

私は、仕事が忙しいはずなのに部屋の前まで送ってくれたウィルを見上げる。

「大丈夫ですか？」

「それは僕のセリフだよ。大丈夫だったかい、美緒。何もされなかった？」

「ウィルが助けてくれたから私は平気です。でも怒らせてはいけない人だったんじゃ……」

「面倒な相手であることは事実だけど、問題ない。美緒が怖い思いをするのを黙って見ていられるはずがないだろう？」

「……迷惑をかけてごめんなさい」

「そういう意味で言ったんじゃないんだけどな。美緒こそお手柄だったね」

ウィルは、私を抱きしめて頭を撫でた。大きな身体に包み込まれると緊張がほぐれ、また足が震えた。怖かったんだと改めて思い出す。

あんな人に買われなくてよかった。

ウィルがいてくれてよかった。

「私はもう大丈夫だから仕事に戻ってください」

「でも……」

「今日はもう一人で部屋から出ません。あの……夜ご飯を一緒に食べるのを楽しみにしているので、早く仕事を終わらせてきてくれると嬉しいです」

「……分かったよ」

ため息をついたウィルに一際強く抱きしめられると、するりと身体を離された。

どこか名残惜しい気持ちで今日二回目の見送りをして、私は中央のリビングに移動する。そして、ソファに腰を下ろして大きく息をついた。

「きちんと言えた」

嫌だという自分の気持ちを。

私には私の気持ちと思いがあるのだから、主張しないと誰にも伝わらない。結果として相手を怒らせてしまうかもしれないけれど仕方がない。自分にそう言い聞かせる。

さっきはウィルが助けてくれて本当によかった。思い出すとまた力が抜けて、ソファの背にもたれかかる。

その相手に、手にしていた鞄《かばん》が床に落ちて中身が転がった。何かがスイッチに触れたのか、ボイスレコーダーが勝手に再生される。

おじさんの声がスローで聞こえた。

――『そもそもなぜオークションの主催側の人間が落札するんだっ！　調子に乗って裏の世界のルールまで破ったこと、後悔するなよっ』

◇◇◇

ウィルは約束した時間に戻ってきた。

「美緒……っ！」

いつも余裕のある彼らしくない勢いで部屋に入ってきて、強く抱きしめられる。

お帰りなさいと言うと、大きな手で頬を包まれ、顔を上げさせられる。

「ごめんね、一人にしてしまって。大丈夫だった？」

そっと手を外して大丈夫だと答える。

このままウィルの腕の中で何も考えずにいたいという思いを呑み込み、私は口を開く。

「ウィルに聞きたいことがあります」

私の真剣な顔に何かを察したのかもしれない。はっとした表情をしたウィルが、困ったように微笑んだ。

「何かな？」

真っすぐな視線に心臓がきゅっとした。私は思わず床に視線を落としてしまう。

「……アリシアさんは、ウィルとどんな関係なんですか？」

彼が小さく息を呑んだ音が聞こえた。

「アリシアに会ったの？」

「はい」

「どうして……彼女にはホテルへの出入りを禁止していて、ルークにも気を付けるように頼んでいたのに。何かされなかったかい？」

「……何も」

「よかった。けれどきっと不快なことを言われたんだよね。ごめんね」

「どうしてウィルが謝るんですか？」

アリシアさんは確かに嫌な感じだったけれど、ウィルに謝られるのは何かが違う。胸のあたりがざわざわする。

「アリシアさんが本当に『婚約者』だから、ウィルが代わりに謝罪するんですか？」

自分の言葉にトゲがあるのが分かる。二人が実際に婚約していたのだとしても、本物の夫婦ではない私が何か言える立場ではない。

それに、アリシアさんに具体的に何かをされたわけでもない。「謝ってもらうほどのことではないです」と、そう笑えばいいだけのはずなのに。

なぜか心がチクチクして、そうできない。自分がすごく小さくて嫌な人間になってしまった気分だ。

そんな私をウィルが驚いたような顔で見ていて、居心地が悪くなる。

「ごめんなさい、なんでもな――」

「美緒はもしかして、嫉妬してくれているの？」

「……え」

どうにか謝ってなんでもないことにしようとしたのに、言われた言葉に目を瞬《またた》かせた。

「嫉妬？」

「嫉妬だよね。違う？」

「……しっと？」

もう一度繰り返す。嫉妬って、私がアリシアさんに？

ウィルとアリシアさんが特別で親密な関係に感じてしまって、それがすごく嫌で……

「っ！」

顔が一気に熱くなる。

私、アリシアさんに嫉妬したんだ。

偽物でもなんでも、ウィルと結婚したのは私なのに、と――

自分の気持ちも、ウィルに見透かされたことも、すべてが恥ずかしくてたまらない。

逃げ出したいのに、ウィルにぎゅうっと強く抱きしめられて動けなくなった。

「最近ずっと様子がおかしかったのは、そのせいだったんだ」

「あの……、は、離してください」

「いやだ。美緒が可愛くて、嫉妬をしてくれたのがすごく嬉しい」

「そんなの……嫌じゃ、ないんですか？」

「嫌だなんてあり得ないよ。だってアリシアへ嫉妬したということは、僕を意識してくれている証拠だろう？　僕を嫌っていたりどうでもいいと思っていたりするなら、不機嫌になんてならないはずだ」

「……っ」

どうしてウィルはこんなにも人の感情に敏《さと》いんだろう。本人よりも理解している気がする。

言われた通り、私はウィルのことを嫌ってなんていないし意識している。普通じゃない出会い方をして、一緒にいる時間も長くはないのに。

それでも自分の気持ちの変化を素直に喜べないのは、きっと。

ウィルの腕の中からそっと抜け出して、澄んだ蒼い瞳を見上げた。ゆっくりと細くなる優しい瞳に、胸のあたりが苦しくなる。

「ウィルがあのオークションの主催者というのは、本当ですか？」

私の問いかけに、ウィルの目が丸くなった。

「どうして……それを」

ウィルが呆然としたように呟《つぶや》いたあと、はっとしたように部屋に置いてある私の鞄《かばん》を見た。

「あのボイスレコーダーか。あの男に言われた時に何も反応しなかったから、聞き取れなかったんだろうと思っていたのに」

苦々しく言われた言葉は、否定ではなく肯定だった。

聞き間違いや勘違い、何かの誤解であってほしいという願いが砕かれる。

「本当のこと……だったんですね」

「美緒にだけは知られたくなかったよ……」

「……っ」

伸ばされた手を振りほどいて逃げるように、私はウィルから距離を取った。

ウィルが得体の知れない男の人みたいに感じる。

「私が知らなければ……」

「美緒？」

「私に知られさえしなければ、これからもずっと騙《だま》し続けられたのに――ということですか？」

「っ！　それは違うっ！」

「何が違うんですか？」

カジノで騙《だま》され知らない場所で一晩過ごし、自分がこれからどうなるんだろうと不安で眠れなかった。

事情も教えてもらえないまま服を着替えさせられ、「売られる」と分かったのはステージの上でのこと。大勢の人に値踏みするように見られているのが分かった。足が震えて逃げ出したいほど怖かったのにどうしようもなく、立っているだけで精一杯だった。

ウィルにこのホテルに連れてこられ優しく抱きしめてもらってからは、つらい記憶から目を逸らすことができていたのに。

すべて嘘だったの？

ウィルの顔がぼやけて、自分の目に涙が浮かんでいることに気が付いた。

なぜもっと早く、ウィルに身体を許してしまう前に知ることができなかったのだろう。関係を深める前だったら、こんなに悲しい気持ちにはならないで済んだかもしれないのに。

「……っ」

「美緒……っ！」

頬に涙が流れる。泣き顔を見られたくなくて、ウィルに背を向けて逃げ出そうとした。

だけど、ドアノブに伸ばした腕を掴《つか》まれ、抱きしめられるように捕まえられる。

「いやっ、離して！」

「美緒、話を聞いて」

「何も聞きたくない！」

ラスベガスになんて来なければよかった。

初めての彼氏に振られて、いつもの自分だったら絶対にしなかったことをしてしまった。そのことが今更悔やまれる。気分転換をしようなんて思わなければ、こんなことにはならなかったのに。

知らない人に騙《だま》されることも、ウィルに会うことも、結婚してしまうことも。

泣きながら両手を振り回して暴れたら、手首を掴《つか》まれて壁に押し付けられた。ウィルの大きな身体に挟まれて身動きが取れなくなる。

「いや……っ！」

「美緒、ごめん」

「んんっ！」

ウィルの顔が目の前に迫ってきたと思ったら、顎を掴《つか》んで上を向かされて唇を覆われた。離してと言おうと開いた唇の隙間から、ウィルの舌が侵入してくる。

——うそっ！

おでこや頬、指先には何度もキスをされた。でも身体を繋《つな》げても唇同士は絶対に触れ合わせなかったのに。

どうして、こんな時に。

「ん……あ、ふっ！」

顔を背《そむ》けようとしても、手で固定されていて動けない。ウィルの身体を押し返したくても、ひとくくりにされた両手を片手で押さえ込まれていて逃げることもできない。

ぬるぬるしたウィルの舌が私のそれに絡んで、ぞくんと背中に何かが走る。舌を引っ込めようとしても意味がなく、遠慮のないウィルが私の口内を蹂躙《じゅうりん》してくる。唾液が口の端から零《こぼ》れて、呼吸すら呑まれた。

どれだけキスをされていたのかよく分からない。くらくらと眩暈《めまい》がする。

ウィルにやっと解放されると、私は壁にもたれながらずるずると床に座り込んでしまった。

「……は、あ、はぁ」

肩で息をする。身体の奥にある熱を、必死に気のせいだと言い聞かせた。ウィルがしゃがんだ気配に顔を上げると、手が伸びてきて口の端の唾液をぬぐわれる。

「強引なことをしてごめん。頼むから、僕から逃げないでくれ」

「……なんで」

ウィルのほうが泣きそうな顔をしているの？

切なそうに歪んだ表情に、胸がズキンと痛んだ。騙《だま》していたのはウィルなのに、どうして私のほうが悪いことをした気分になるのだろう。でもウィルの蒼い瞳は私のことを真っすぐに見つめていて、嘘や演技には見えない。

身動きできずにいたら、そっと引き寄せられて抱きしめられた。ウィルの体温が心地よくて、離れなきゃという気持ちを溶かされる。

「隠していたことを全部話すよ。……それでもどうか、僕を嫌わないで」

抱き上げられ、ソファに座ったウィルの膝の上に横向きに乗せられた。

ウィルの腕が私の腰に回されているけれど、いつもと違いしがみつかれている感じがする。

そうして覚悟を決めたように深く息を吸い込んでから、ウィルは話しはじめた。

「あの地下オークションの場を作ったのは、僕の父なんだ」

「ウィルのお父さん？」

「僕の父は……なんというか、人には言えない事業を手広くやっていてね。その最たるものがあの地下オークションだったんだ。借金を返せなくなったり、美緒が経験した通り旅行者を騙《だま》したりして連れて来た見目のいい人間を、金持ち相手に売りさばいて儲《もう》けていたんだよ」

「……」

一昔前ならともかくこの時代にそんなことをと思うけれど、実際に自分も経験したので何も言えなかった。

「顧客には政財界の有力者が多いんだ。お金で倫理も法も曲げてしまえる人たちだよ。彼らは奴隷のように人を買う代わりに父の事業に目を瞑《つぶ》り、父は父で非合法で人を買う彼らの情報を握り安易に表沙汰にされないようにする。そんな世界が僕は大嫌いで、両親の離婚と大学に進学したのをきっかけに縁を切ったんだ」

「え……？　そしたらウィルは関係なかったんですか？」

驚きとともに見上げると、ウィルが静かに首を横に振った。

「そうしたかったのだけど、父は僕に跡を継がせたがっていたんだ。自分がせっかく育てた金の生《な》る木を一代で枯らしたくなかったんだろうね。このホテルの経営が軌道に乗りはじめた頃に、アリシアに事業を譲ることに決めたと知らされた。僕との結婚を前提にして、ね」

突然アリシアさんの名前が出て来たことにも、決して人には言えない事業を彼女が受け入れていることにも驚いた。

「だからアリシアさんが婚約者なんですね」

「彼女が自分でそう名乗ったんだよね？」

「……はい」

頷くと、ウィルがぐしゃぐしゃと頭をかき回した。

「違うよ、美緒。アリシアは僕の婚約者じゃない。正確には父は結婚させたがっていたが、僕にその意思はない。これまでもそうだったし、この先もだ。彼女にもそう伝えている」

「え、でもウィルのお父さんやアリシアさんは納得してないんじゃ」

だって、そうでなきゃわざわざ私のところに来て主張したりなんかしない。

アリシアさんはウィルのことが本気で好きで、結婚するつもりなのでは？

「もしかしてウィルが私と結婚したのは、お父さんとアリシアさんへの当てつけのためですか？」

「違うっ！」

ふと思いついた可能性を口にしたら、ウィルが大きな声を出した。その勢いに目を瞬《またた》かせる私を見て、彼ははっとしたように息を呑む。

「大きな声を出してごめん。美緒にそんな誤解をされたくないんだ」

「……」

でも、と心の中で言う。

ウィルの言う「美緒」は本当に私？　誰かと勘違いしているのではないのかと、この前から頭の隅にこびりついた考えが離れない。

「僕は美緒だから、結婚したんだよ」

「ウィルは……前から私のことを知っていたんですか？」

ボイスレコーダーで聞いてしまった言葉は覚えている。あれは聞き間違いでも勘違いでもない？

質問にウィルがはっと口元を押さえた。自分の発言が、買っただけの相手にするものではなかったと気が付いたらしい。一瞬の逡巡《しゅんじゅん》のあと、覚悟を決めたように頷かれる。

「知っていた」

やはりという思いとともに、ごくんと喉が鳴った。

「だ……誰かと」

怖くて聞けなかったことを確認するのは、きっといましかない。勇気を出せと自分に言い聞かせる。言葉を詰まらせた私に、ウィルがほんの少し首を傾げた。

「美緒？」

「私を誰かと勘違い、していませんか？」

声が震える。肯定されたらどうしようという不安が渦巻《うず》いて止まらない。

するとウィルの蒼い瞳が丸くなり、両手で頬を包まれた。

「あり得ない」

真っすぐに、目を逸らすことも許さないように強く言い切られる。

真剣すぎるウィルの顔は怖いくらいだったけれど、逃げ出したいとは思わなかった。

「僕が美緒を他の誰かと間違えるなんて絶対にない。たとえ美緒が成長して顔が変わっても、体形が変わっても、髪を染めて色を変えたとしても、美緒が美緒である限り絶対に分かるよ」

きっぱりと言い切られ、目の前がまた滲《にじ》んだ。頬を流れた涙に、ウィルが慌てたように両手を離す。

「ごめん。美緒を怖がらせるつもりはなかったんだ」

「違うんです……。ウィルのことを信じたいのに、信じきれない自分が嫌で」

涙をぬぐおうとした手を取られ、舐め取られた。柔らかいキスを頬に何度も受け、肩の力が抜ける。優しく抱きしめ直された私は、ウィルの胸に身体を預けた。

「きちんと説明するから、聞いてくれるかな？」

小さく頷くと、「アリシアの婚約と美緒との結婚は関係がない」と改めて伝えられた。

「そもそも当てつけなんて必要ないんだ。僕の父はもう亡くなっているからね」

「え……そう、だったんですか。ごめんなさい」

「気にしなくていいよ。僕の母は離婚してすぐに交通事故で、父は一年前に病気で亡くなっているんだ。でも僕はどちらともあんまり仲がよかったわけではないから、悲しいとか寂しいということもほとんどなかったしね」

「……兄弟とか、は？」

「あいにく一人っ子だね。親しい親族もほとんどいないし、面倒な親戚付き合いはないよ。日本人のよく言う優良物件だと思うけど、どうかな？」

「……ウィルってば」

ウィンクと軽い口調が、空気を重くしないようにという気遣いと優しさだと伝わってくる。

その一方で、腰に回された腕の力がぎゅっと強くなる。一見落ち着いているような口調の裏で、ウィルの内面が荒れているのが伝わってきた。

「父はすごく支配的な人で、僕のことも便利で使える手駒の一つくらいにしか思ってなかったことは知っていたんだ。でもまさかアリシアとの婚約話を勝手に進めているとは想像していなくて……」

ウィルが深いため息をついて私の肩に顔を乗せた。どうしようと思いながらも放っておけなくて頭を撫でてみる。

顔を上げて真っすぐに視線を合わせられて、困ったように微笑まれた。

「元々ね、父の事業も放置はできないと思っていたんだ。縁を切った頃から、すべてを潰すつもりで証拠を集めていた。だから、いっそのこと父との関係を拒絶するだけではなく内側から探るのもいいかなと思っていた頃に亡くなって、そのままアリシアが引き継いだんだ。彼女は僕とずっと結婚したがっていたけれど、何かと理由を付けて延ばしていてね。そしてやっと最近、すべての事業を把握して、顧客名簿を手に入れられそうだという時に——美緒が売られることを知ったんだ」

「……え」

突然自分の名前が出るなんて思ってもなくて驚いていると、前髪をかき上げられておでこにキスをされた。

長い指で私の頰を撫でながら、ウィルが続ける。

「ルークからあのカジノに美緒がいたと聞いて、心臓が止まるかと思ったよ。本当ならすぐに乗り込んで美緒を取り戻したかったけれど、下手なトラブルを起こして何年もかけた準備を台無しにするわけにもいかなかったんだ。僕の勝手な事情で美緒に怖い思いをさせて本当にすまなかった」

「じゃあ……」

自分の声が震えているのが分かる。

「ウィルは私のために、あの会場に来てくれたんですか？」

自分の心臓がうるさく鳴っているのが分かる。

私は多分……ううん、間違いなく、ウィルの返事に期待をしている。そんな私の願いなんてお見通しなのか、ウィルが指先で私の唇に触れた。

「非合法な中でも正当な手段で美緒を買うためだよ。知らない人間に美緒を渡すなんてあり得ないし、お金を出すならアリシア側も表立って文句は言えない。……本当は美緒を『買う』なんて嫌だったんだけど、時間もなかったし、それしか思いつかなかったんだ」

ウィルが小さなため息をつく。

「何もかもすべてをすぐに信用してもらえるなんて思っていない。僕が美緒に隠しごとをしていたことは事実だ」

見上げると蒼い瞳が不安に揺れていた。

「父のことを知られたら美緒に嫌われるだろうと思い、言えなかった……」

「そんな……」

そんなことはない、とは言えない。一番最初に聞かされていたらどう感じていたのか自分でも分からないから。

でも少なくともいまは、ウィルの優しさと人柄を知っているから信じたいと思う。

「ウィルはウィルですし、お父さんとは別の人間なんだということは分かっています」

「……うん、ありがとう」

ウィルが力なく笑う。

「結婚についても、嘘をついていてごめん。美緒が僕のことを分からないようだったから、咄嗟《とっさ》に適当な理由を作ったんだ」

「……え」

思ってもみなかったことを突然言われてぽかんと口が開いた。

「どうして……」

「理由もなくいきなり初対面の男に『結婚してほしい』なんて言われても困るだろう？」

もっともな意見に頷くしかできない。色々なことを次々と明かされて頭がパンク寸前だ。

「私とウィルはいつ出会ったんですか？　記憶になくて……」

私の問いかけに、ウィルが悲しそうに微笑んだ。

「僕からは言えない。……いや、言いたくない」

「……どうして」

「美緒に、自分で思い出してほしいから」

そう言われても、本当に分からない。

小さい頃からいままで色々な出会いをしたのは確かで、すべての人を正確に覚えているかというと怪しい。けれど私のこれまでの人生できちんと会話をしたと言える外国人は一人だけで、ウィルではない。この蒼い瞳は見たことがある気がしたけれど、この輝くような金の髪を忘れるとは思えない。

ウィルはこれ以上は教えてくれる気がないようだ。自分だけが分からないというのが申し訳なくて、私は「ごめんなさい」としか言えなかった。

「構わないよ。気長に待つことにするから」

ウィルは私の耳に触れ、いつものように優しく言う。

「私、ウィルのことをもっと知りたいです」

結局、私はウィルのことを何も知らない。知ろうとしなかったというのが正しいのかもしれない。

会話をきっかけに何か思い出せることがあるかもしれないと、ウィルを見つめた。

「美緒が僕に興味を持ってくれるのも嬉しいな。いいよ、僕の何が知りたい？　答えられることならなんでも教えてあげるよ。でも、いまはそれよりお腹が空かない？」

返事をするように「くぅ」とお腹が鳴る。私の赤くなった頬に触れながらウィルが笑った。

ご飯を食べに行くか聞かれたけれど、外に出かける気分にはなれなくてルームサービスをお願いした。他愛ない話をしながら、バゲットに挟まれたスモークチキンとレタスを味わう。

食後にミルクを入れた紅茶を渡され、一口だけ飲んでローテーブルに置いた。

ソファの隣にウィルも腰を下ろす。飲んでいるのはブラックのコーヒーだ。

「それで、僕の何を話せばいいかな」

「改めてそう言われると困るんですが……」

「ゆっくりでいいよ。……美緒の質問に答える代わりに、僕からもお願いしていいかな？」

「何をですか？」

「美緒の気が済んだら言うよ。大したことではないから身構えなくていい」

私はウィルの言葉に頷きながら、改めて質問事項を考えてみる。知らないことがありすぎて、逆に何を聞けばいいのか分からない。

お腹がいっぱいになったせいか、さっきまでの悲しさや焦りのようなものが落ち着いたみたいだ。

ふと、ウィルが置いたコーヒーカップを見て質問してみた。

「ウィルはコーヒー派ですか？」

「え……？」

「聞いてはいけないことでしたか？」

ウィルが目を丸くしたから、首を傾げた。ううん、と首を振られる。

「一番に聞きたいのがそれなのかとびっくりしただけ」

そんな気負ったものではなく、目に入ったから聞いてみたのだけど。

ウィルがふわっと微笑んで口を開く。

「愛好家と言えるほど豆や淹《い》れ方にこだわりがあるわけではないけれど、好きだね」

「ブラック派ですか？」

「ミルクや砂糖で飲みやすくすると際限なく口にしてしまうんだ。前に飲みすぎでルークに怒られたことがあるから、セーブするようにしている」

セルフコントロールが完璧そうなウィルがサトウさんに怒られるなんて信じられないけれど、想像してみると少し可愛かった。

想像の中のウィルがしょんぼりと肩を落とし、サトウさんに「ごめん」と謝罪する。そんな構図に思わず笑ってしまう。

「カフェインの摂りすぎはよくないですもんね」

「そうそう。一時期忙しすぎて眠気覚ましの目的でも飲んでいたら眩暈《めまい》がして、コーヒーをやめたら落ち着いたんだよね」

ウィルの長い指がコーヒーカップを持ち上げて口に運ぶ。男らしい喉仏が上下に動いた。

「それ以来、こうやってゆっくりできる時にブラックを一杯だけ飲むようにしているよ」

「眩暈《めまい》がしたのは、コーヒーよりも仕事の忙しさが原因だった気がしますけど」

「もしかしたらそういう一面もあったかもしれないね」

「ウィルはきっとすごく忙しいですよね」

ラスベガスだけではなく、他にもいくつもホテルを経営していると言っていた。日本にもまた建設予定だと。

そんなにすごい人が暇なはずがない。

「基本的にどこのホテルも責任者がいて任せているから、普段はそこまで忙しくないよ」

「でも予定外に私が来てからずずっと、付き合わせてしまっています」

休日関係なく仕事があるのに、この前は私のために一日空けてくれた。

「ごめんなさい」

「どうして美緒が謝るの？」

「だって、私のせいで無理にお仕事を休ませてしまって……」

「違うよ、美緒。僕が美緒と一緒にいたいんだよ」

「……きゃっ」

ソファで隣に座っているだけだったのに、抱き上げられウィルの膝の上に横向きに乗せられた。

ぎゅうっと強く抱きしめられ、肩に顔をぐりぐりとこすりつけられる。さらさらの髪が首筋に触れて少しくすぐったい。

「本当はもっとずっと美緒と一緒にいたいのに、バタバタしてしまっていてすまない」

はあ、と肩口で大きなため息をつかれた。大事な時期だというのは聞いたばかりだ。

そのまま動かなくなってしまったウィルが疲れているように見えて、ぽんぽんと背中を撫でる。

ふっと一瞬弛《ゆる》んだ腕が、より強くなった。苦しいくらいだけど、離してほしいとは思わない。

「美緒……っ、美緒はどれだけ僕を惹きつければ気が済むんだい？」

首筋に音を立ててキスをされ、「ひゃあっ」と変な声が出た。そんな私をほんの少し上目遣いで見ながらウィルがくすくす笑う。

「いきなりはやめてください」

「いきなりでなければいいの？」

「そ、そういうことではなくてですね」

「冗談だよ、冗談。僕の仕事のことはもう少しで決着がつくはずだから、落ち着いたらゆっくりハネムーンでも行こう」

「……ハネムーン？」

「色んな人にお祝いしてほしいから、結婚式も盛大に挙げたいな。美緒のドレス姿も見たいしね」

「結婚式？」

言われた単語をただ繰り返す私に、ウィルが瞬《まばた》きをして尋ねる。

「ハネムーンも結婚式も美緒は嫌？」

「あの、いえ、嫌とかではなく」

結婚がビジネスではなかったということすらいま聞いたばかりだ。自分が「結婚した」という現実味も薄いのに、具体的なイベントの名前に驚いたというか。

特に結婚式だなんて、そんな後戻りのできなくなることをしてしまっていいの？

「その、他にもウィルのこと、聞いていいですか？」

話題を変えようと、あえて明るく口にしてみる。

「もちろん。はじめからそういう話だっただろう？」

「そうしたら……ウィルはいつもここのホテルで暮らしているんですか？」

「まさか、ちゃんと別に家があるよ。ここのほうが常にルークもいるから美緒にとっていいだろうなと、一時的に泊まっているだけ。落ち着いたら家にも連れて行くから安心して？」

「別に心配してたわけではないんですけど……。でも理由が私のためなら、こんないい部屋ではなくても」

「僕のホテルなんだから一番いい部屋に泊まるのは当然だろう？　それとも美緒はこの部屋は気に入らないかな。だとしたら改善するから教えてほしい」

そう問われて、私は慌てて首を横に振った。

「すごく素敵な部屋です！」

広くて内装も素敵で、窓からはラスベガスの街が見下ろせる。快適でないところがない。

分不相応な気がしてしまうだけだ。

ウィルは私の返事に嬉しそうに微笑み、額《ひたい》にキスをした。

「ありがとう。美緒に喜んでもらえるのが一番嬉しいよ」

「ええと、ウィルの自宅もラスベガスにあるんですか？」

とろとろに溶けてしまいそうなくらい甘いキスに、おでこを押さえながら問う。

「そうだね。車で少し走ったところにあるマンションに住んでいる。他の都市にもいくつかホテルは建てているけれど、拠点はラスベガスだね」

「一人暮らしですか？」

「もちろん。定期的にハウスキーピングは頼んでいるけれど、一人暮らし。実は仕事にかまけてあまり帰っていないんだけど、美緒と一緒に暮らせるようになったら毎日早く帰るよ。ジムもプールもあるマンションだから、美緒も楽しめると思う」

「……」

「ん？　どうしたの？」

なんて返事をすればいいのか分からなくて黙っていたら、首を傾げられた。ウィルをじっと見上げると、目元にキスをされる。

「熱心に見てくれるから、キスしたくなっちゃった」

あえて軽い口調で喋《しゃべ》っているのに、真剣で熱っぽい視線に縛られたみたいに動けなくなる。顔が熱くてくらくらした。

「美緒、いいの？　このままだと僕、また調子に乗ってしまうよ？」

「……あっ」

ウィルの大きな手が私の胸の上にそっと置かれた。まとう空気が濃密になり、何をしようとしているのか私に悟らせてくる。

「だ、だめです」

自分の身体に動けと念じてウィルの腕から抜け出そうとしたけれど、その前に顔を首筋に埋《うず》められてぺろんと舐められた。

「だめ？　何がだめなの？」

「だ、だって……まだ、聞きたいことが、んっ」

「いいよ、聞いてくれれば答えるよ」

「……んっ！」

何かを言おうとしても、ウィルの手が不穏に動いていて集中できない。ちゅっ、ちゅっ……っと音を立てて首から鎖骨にかけてキスされる。変な声が出そうで口を押さえたら、その手を取られて指先にキスをされた。

「可愛い声なんだから聞かせて？」

「そん、な……ぁっ」

指を絡ませながらソファに押し倒されたと思うと、ウィルがまた首筋に顔を埋《うず》めてくる。熱い息がかかり、肌をきつく吸い上げられた。

いまのは、もしかして……

「キレイな痕が付いたね」

「どうして、ですか？」

「僕のものというシルシを付けただけだよ。いけなかった？」

「だって……」

この前はそんなことしなかったのに。

私の問いかけにウィルが困ったように笑う。んー、と言葉を伸ばしながらまた音を立てて、さきほど吸い付いたあたりにキスをした。

「一応遠慮したんだよね。美緒は僕を心から受け入れているわけでないのは分かっていたから、あまり独占欲を全開にすると怖がられてしまうかなと」

「えん……りょ？」

気を使ってもらっていることは分かっていたけれど、遠慮と言われると違和感がある。このホテルに来てすぐにベッドに連れて行かれたし、結婚も有無を言わさずという勢いだったのに。

そう伝えると、ウィルに当たり前のように頷かれた。

「遠慮するところと押さえるべきところの見極めくらいは付くからね。……いや、付くつもりだったんだけど、そうでもないかもしれないな。遠慮しすぎていて、僕の気持ちを信じてもらえていないのかも」

ねえ、美緒――ウィルが熱っぽく見上げてくる。どきんと胸が大きく高鳴った。

「僕は美緒を愛しているよ」

「……っ」

「この世の誰より愛している」

真っすぐに言われて顔が熱くなる。

ついさきほどまでなら、これも本物の夫婦を演じるためのリップサービスだと思ったけれど、そうではないことはもう知っている。

「ねえ、美緒の質問はもう終わり？」

「え……えっと、あの、はい」

何かもっと聞きたいことがあった気がするけれど、咄嗟《とっさ》に思い出せない。

「愛している」というウィルの甘い声が耳の奥で響いている。

「そうしたら今度は僕のお願いを聞いてくれる？」

「あ、はい。なんですか？」

そういえば最初にそんな約束をしていたことを思い出し、私は慌てて頷いた。だめだ、頭が回ってない。

「私ができることだといいんですけど」

「簡単だよ。敬語をやめてほしい」

「……敬語、ですか？」

「そう、それ。なんだか美緒に敬語を使われると遠慮されているような気になるし、壁を感じる」

「で、でも、ウィルは年上ですよね？」

結婚証明書に書かれていた年齢は私より二歳上だった。それに年齢だけではなくウィルが雲の上の人すぎて、自然に敬語になってしまうというか。

私がすぐに頷かなかったせいか、ウィルがむっと唇を尖らせた。いつもは少し近寄りがたいくらい格好いいのに、そんな些細《ささい》な動き一つで可愛らしく見えてしまう。

「僕らはもう結婚した夫婦だから、年齢は関係ないよ」

「で……でも」

「分かった。美緒がこれから敬語で話すたびに、キスマークを付けていくことにする」

「えっ」

「僕がいない間に一人でプール遊びをさせないという意味でも悪くないからね。美緒は恥ずかしがり屋だから、見えるところにキスマークがある状態じゃ絶対に水着なんか着ないだろうし」

「あ、当たり前ですっ」

「また敬語だったね」

「っ！」

ウィルと繋《つな》いでいないほうの手で口元を押さえたけど、遅かった。

蒼い瞳がいたずらっぽく光る。

「夜は長いからね。美緒が自然と敬語をやめられるように、たっぷりと『練習』しようか」

「な、なにこれっ！」

朝のパウダールームで、洗面台にある鏡の中の自分が目を丸くしている。

「美緒、どうかした？」

「……っ」

私がこれからシャワーを浴びることは知っているはずなのに、当たり前のようにドアを開けてウィルが顔を出すから、慌ててガウンの前をぎゅっと合わせた。そんな私の行動一つで何かを察したらしいウィルが楽しそうに口角を上げる。

「美緒が強情だからだよ」

「そういう問題ではないと思います」

「あれ、美緒、また敬語に戻っているよ。昨日あんなに『教えて』あげたのに、もう忘れてしまったの？」

「っ！」

ウィルはパウダールームに入ってきて私の後ろに立つと、躊躇《ためら》いなく腰の紐を解いた。あまりの早業《はやわざ》に反応できずにいたら、するりと肩からも落とされ、ガウンが腕に引っかかっているだけになってしまう。鏡に素肌が映る。何か所も赤くなっている胸元の痕の一つを長い指でなぞられた。

ウィルが腰を曲げて耳元にそっと囁《ささや》くように低い声で笑う。

「ほら、こんなに何回も教えてあげたのに」

私は、夜の雰囲気をまとわせはじめたウィルから慌てて離れた。

「分かりました……ではなくて、分かったので」

「シャワーを浴びるなら僕が洗ってあげるよ？」

「自分でできるから大丈夫っ」

ガウンの襟を直し、私はウィルの背中をパウダールームの外まで押していく。

いままでもスキンシップは多めだったけれど、昨日の夜にいままでの隠しごとを聞いてからより一層加速した気がする。ウィルの言葉を借りるのなら「遠慮がなくなった」という感じだ。

触れられること自体が嫌なわけじゃないけれど……と考え、頭の中が沸騰しそうになった。

笑いながらに外に出てくれたウィルが振り返り、私の頬にキスをする。不意打ちで赤くなった頬を押さえながら、ウィルを見つめた。

「あ、そうだ」

そう言って起き抜けのセットしていない髪を無造作にかき上げる姿に、なんだかそわそわした。

「仕事が終わったらデートをするから、どこに行きたいか考えておいて」

「……デート？」

「そう、デート。いいよね？」

デートという響きがくすぐったい。頷くと頭を撫でられ、腰を引き寄せられる。

ウィルの唇がはだけていたガウンの胸元に触れて、きつく吸い上げられる。赤く色の付いただろうそこをぺろりと舐め、ウィルは私を見上げて意地悪そうに笑った。

「これは、さっき敬語を使った分のお仕置きだよ」

ウィルの仕事が終わるまでどうしよう。一人で部屋にいても仕方がないから、またホテルのカフェに来たけれど、やることがないのはあまり変わりがない。今夜は本屋に連れて行ってもらおうかな。

ミルクティーを飲みながら、テーブルの上に置きっぱなしのボイスレコーダーを見る。昨日は色々なことを教えてもらえたけれど、いつ会ったのかという件についてだけは答えるのを拒否されてしまった。

あのウィルがこれ以上の隠しごとをしているとは思えないけれど、勘違いという可能性がどうしても捨てきれない。

「愛している」という言葉が、私以外の誰かに向けられているんじゃないのかと考えるのが怖い。

「……私、何をしているんだろう」

ウィルと話せばすべてが解決するかと思ったのに。

ため息が出そうになった時、テーブルに男の子が寄ってきた。

『お姉さんが「ミオ」？』

『そうだけど……貴方は？』

『これ、外で女の人から預かった。このホテルにいる「ミオ」って東洋人に渡してくれってさ』

十歳くらいの男の子が二つ折りにした白い紙をテーブルに置く。私は不思議に思いながらも、メモ帳らしき紙を手に取り開いた。

『本当のウィリアムを知りたいなら連絡しなさい』

走り書きのような英語から察するに、数字の羅列は電話番号だろう。ズキンと心臓が痛くなった。

『このメモを預けた女の人は誰？』

『知らない。このホテルの前を通ったら声かけられただけだから』

『そうなんだ……。もしかしてこう、長い金髪で真っ赤なリップの女の人ではなかった？』

『うん、そんな感じだった。じゃあ渡したからね』

チップを渡すとすぐにテーブルを離れていく男の子に、慌ててお礼を言った。

同じ特徴の女性なんていくらでもいると思うけど、心当たりは一人しかいない。

「アリシアさんだ」

確信を持ってメモにもう一度目を落とす。

『本当のウィリアム』とはどういう意味だろう。ウィルはウィルなんだから、本当も偽物もないと思うんだけど。

でもなんだか胸のあたりがざわざわして止まらない。心に広がっていく嫌な感じをミルクティーと一緒に流し込んで、立ち上がった。

このままここにいても仕方がない。ウィルには夜まではホテル内にいてと言われているから、部屋に戻ろう。

足早に歩きながら考える。

覚悟を決めるべきなのかもしれない。

◇◇◇

「ねえ美緒、本当にデートの場所はここでいいの？」

「ここがいいの」

食事のあとにどこに行きたいかを考えて、思いついたのは「カジノ」だった。

私は、車を降りて気遣わしげにエスコートをしてくれるウィルの手を握る。指先を絡めて握り返してくれるウィルの表情は優しく、私を見つめてくれる視線は甘い。

「僕のホテルなら怖いことなんて何もないよ。せっかくだから楽しもうね」

頷き、いままで避けていたカジノフロアに足を踏み入れた。ロビーとはまったく異なる音の大きさだ。眺めているだけの時も賑やかだなと思っていたけれど、ルーレット台の前に座るとさらに熱気のようなものを感じた。

でもホテルの中にあるせいかラフな格好で遊んでいる人も多いし、和気あいあいと盛り上がっている場所もあるみたいだ。前に行った場所はもっと張り詰めた空気だった気がする。私が緊張していただけかもしれないけれど。

「ルーレットでいいの？」

「ルーレットがいいの。ルールも分かりやすいと思うし」

何よりカジノに対してこびりついてしまった嫌なイメージをぬぐうには、同じゲームをするのが一番だ。

ウィルが頷いてくれ、何枚かのドル紙幣をディーラーに渡した。チップが目の前に積まれる。

「赤か黒かの二択が一番安全な賭け方だけど、個人的な意見としては数字に賭けたほうが楽しめると思う」

説明しながら、ウィルが『八』の上にチップを三枚置いた。一つの数字の上に置くと、当たった時は三十六倍になるらしい。

もちろん、外れたら没収だ。

続いて『七』と『八』の二つの数字にまたがるようにチップを置く。これは十八倍。そうして『八』を中心にして、いくつかの数字の間にチップを重ねて置いていく。

隣で見ているだけでなんだかハラハラしてしまった。

「数字がいいの？　外れやすいのに？」

「安全な賭け方というのは倍率も大したことがないからね。お金を稼ぎたいなら地道に増やしていくという手もあるけれど、今日は違うだろう？」

ウィルの言葉に力強く頷いた。別に私はお金が欲しいわけではない。

「でも、そしたらすぐにチップがなくなってマイナスになってしまうんじゃ……」

「それは勝とうとして際限なくプレイしてしまうからだよ。最初から自分でどこまで遊ぶのかを決めておいて、チップがなくなるまで負けたら終わりにすればマイナスにはなりようがない」

「あ……そうだよ、ね」

カジノと聞くと際限なくお金を使い巻き上げられてしまうような気がしていたけれど、それは私が悪意のある人に促《うなが》されるままに卓に座ってしまったせいだった。チップも渡された分だけ置いてしまっていた。

最初からきちんと「遊ぶための予算」として事前に決めておく必要があったのだ。

「ルーレットは当たった時に楽しいほうがいいと僕は思っている。もちろんこれはあくまでも僕個人の考え方で、人それぞれだけどね」

ディーラーに『ノーモアベット』と言われ、チップを置くのが締め切られた。

自分が賭けたわけでもないのに、ウィルの隣でドキドキとボールの行方《ゆくえ》を見守る。落ち着かないけれど、この前の時のような不安はなく、どこかわくわくするような気持ちだ。

同じルーレット台についたお客さんたちと一緒に見つめる中、ボールがカランカランといくつかの数字をスキップして、吸い込まれるように『八』に落ちた。

「……え」

わぁ！　っとテーブルが盛り上がる。

「え、うそ、ほんとに？」

「やった、ラッキーだね」

手際よくディーラーが配当をして、ウィルの前にチップがどんと増えた。

あまりにもできすぎな結果に、ついじろりと横目で見上げてしまう。

「もしかして……裏がある？」

「ありませんよ。オーナーであるローランド様の命令で、当ホテルのカジノはイカサマは一切禁止となっております」

「え、あっ、すみません」

ウィルにだけ言ったつもりが、ディーラーに日本語で説明されてしまった。思わず謝罪をすると、ウィルが隣でクスクスと笑う。

「日本語を話せるディーラーさんがいるのなら、最初に教えてくれればいいのに」

「全員じゃないよ。日本人のお客様も少なくないから、何人か話せるスタッフがいるというだけで、彼もその一人」

「勝手に会話に割り込んでしまい申し訳ありません」

「あ、いえ。私こそ失礼なことを言ってしまいすみません」

頭を下げられてしまい、慌てて手を振った。私の態度に気分を害した様子もなく、ディーラーはにっこりと笑ってくれる。

「ローランド様は特別です。ストレートアップに賭けてこんなに当てる方を、私は他に知りません。ルーレットが当たる楽しさを体験したいのなら、赤か黒のカラーに賭けるのがいいと思いますよ」

「なるほど……」

私はこくこくと頷く。

ウィルが強運だというのは頷ける。生まれながらに「持ってるオーラ」があるというか。

「確かに楽しみ方は人それぞれだね。さあ、これが今日の美緒のチップだよ。言った通り、ゼロになったらおしまいにしよう」

ウィルが目の前に重ねられていたものを私の前に移動させた。さっき増やしたばかりのチップだ。

「自分で遊ぶ分は自分で払うよ」

「いいの。これは僕のホテルで美緒に楽しんでもらいたいという気持ちだから。ほら、賭けて賭けて」

「……ウィルはやらないの？」

「そうだね、一緒にやったほうが楽しいよね。そうしたらどちらがより増やせるか勝負ということで」

ウィルが最初と同じ金額分のチップをディーラーにもらい、楽しそうにウィンクをした。

ディーラーの合図に促《うなが》されるように、恐る恐るチップを手にする。隣でウィルが今度は『二十』を中心にして、またチップを気負いなく次々に置いていった。

一つの数字に決めて置く勇気はさすがにない。私は『一三』から『二四』のどれかが当たりになるダズンベットと呼ばれる箇所、『一六』から『二一』の六つの数字が当たりになるダブルストリートベットと呼ばれる箇所、そして最後に赤にチップを一枚だけ置いた。

ディーラーが『ノーモアベット』と言い、テーブルのみんなでルーレットのボールの行方《ゆくえ》を見守る。カラカラとボールが何回か跳ねて、最後に落ちたのは『赤の一六』だった。

「やったね、美緒！　当たりだ！」

「本当だ！」

ボールと自分が置いたチップを何度も見比べる。六倍の箇所だからさっきのウィルの大当たりに比べたら全然大したことはないけれど、初めての当たりは嬉しい。

ウィルが両手を上げているのに気が付いて、慌ててパチンと手を合わせた。

自分は外れてチップを回収されてしまっても、同じように喜んでくれるウィルの優しさが嬉しいし、一緒に笑えるのが楽しい。

「はい、じゃあ次。どんどん行ってみようか」

「うん」

ディーラーに配分してもらったチップを摘《つま》んで、またいくつかの数字の上に置いたけれど、今度は私もウィルも外れてしまった。

「惜しいな。ボールがあと一個ズレていたら、またストレートアップだったのに」

「ほんとに、残念だったね」

「まぁ、こういうこともあるさ。次はどこに来ると思う？」

「ええと……そうしたら、私はここらへん？」

「僕は『三二』あたりにしようかな」

二人で「当たるといいね」と笑いながら顔を見合わせた。


「あーあ、最後に赤に賭けておけばなぁ」

「ウィルってばまだ言ってる」

部屋のドアを開けながら大きなため息をついたウィルに、また笑ってしまった。

私は少しずつ勝ったり負けたりして、最終的には少しチップが増えたところで終わった。

ウィルは一気に大きく賭けていて、基本的には外れるけれどたまにすごく大当たりしていた。いい時間になり最後の一回にしようという時に、全額黒に賭けたりしなければかなり勝って終われていたはずだ。

けれど悔しがっている言葉ほど気にはしていないようだ。

「カジノは楽しかった？」

「とても楽しかった」

当たるとウィルが自分のことのように喜んでくれ、外れると素直に残念がってくれる。それは私も同じで、ウィルが当たると嬉しかったし、大きく外したら残念だった。

負けたからとあとに引かずにさっさと次にと切り替えていたのも気持ちよくて、二人でルーレットの玉の動きに一喜一憂しているだけですごく楽しかった。

促《うなが》されるまま部屋のソファに座り、私は頭を下げる。

「ウィルのおかげだよ、ありがとう」

「僕は何もしていないよ？」

「一緒に楽しんでくれたよ。ウィルがいてくれたから、私も楽しかったの」

顔を上げると同時に抱き上げられ、入れ替わるようにソファに腰を下ろしたウィルの膝の上に乗せられる。

そして腰を引き寄せられて抱きしめられた。

「そう言ってもらえてよかったよ」

「……うん」

ウィルと一緒でなければもう一度カジノに行こうとも思えなかったし、純粋に楽しむこともできなかっただろう。

広い背中にそっと手を回した。ウィルの腕の力が強くなる。

「ウィルと遊べてすごくよかった」

心の底からそう伝える。

何も言わなかったけれど、私の意図は察しているはず。嫌な記憶を楽しい気持ちで上書きしたいと。ウィルが隣にいてくれたから、ルーレット台の前に座っている間も怖かったことなんて忘れてしまえた。

自分の胸の奥にある想いの正体がやっと分かった気がする。

前の彼氏のことを恋愛感情ではないと気が付いていたのも、アリシアさんの言葉に動揺したのも、ウィルの気持ちを信じきるのが怖いことも、すべて繋《つな》がっていた。

ウィルが好き。

この腕のぬくもりを失いたくない。結婚をただの事実ではなく、本物にしたい。

そんな願いを抱きながら、私はウィルにより一層強く抱きついた。

四　対決と解決

ホテルのカフェで窓から外の通りを見つめながら、コーヒーを飲み干した。

少し強めの苦味を喉の奥に流し、私はテーブルの上に置いたメモに視線を移す。アリシアさんの電話番号が書かれたメモだ。

昔のことについてウィルに教えてもらえないのなら、他に話ができる相手はサトウさんかアリシアさんしかいない。右腕だと言っているサトウさんがウィルの想いに反したことを言うはずがないので、尋ねるとしたらアリシアさんだ。

聞いた話によると、ウィルのお父さんの事業を引き継いだのはアリシアさん。あのオークションも、今はすべて彼女が取り仕切っている。彼女自身も私のことをよく思っていないことは明らかで、有益な話を聞ける可能性は低い。

そもそも、ウィルに「アリシアさんと話をしたい」とお願いしたとしても、許可をくれるとも思えなかった。

けれどこうしてコーヒーを飲んでいるだけでは事態は好転しない。自分一人で考えても心当たりがない中で、いきなり真実が空から降ってきたりもしない。

「……やるしか、ない」

胸にもやもやしたものを抱えたままウィルと一緒にいることはできない。ウィルと「夫婦」になりたいのなら、自分で動かないと。

鞄《かばん》からスマートフォンを取り出して、震えそうな指先で番号をタップした。相手はツーコールで出た。こちらが名乗る前に、待ち合わせの時間と場所のみを伝えられる。

指定された時間はすぐで、ホテルから少し離れたところに止められた黒いリムジンに近寄ると、後部座席の窓がおりた。中にいた金髪美女が大きなサングラスをかけ、ボルドーのリップで笑う。

『乗りなさい』

私はごくりと唾を呑み込む。自分から連絡したくせに、怖気《おじけ》づいてしまうのが情けない。ぐっとお腹の底に力を入れて、開けられたリムジンの扉から乗り込もうとした。

「ミオさん！」

突然名前を呼ばれ振り返ると、サトウさんがこちらに走ってくるところだった。

ウィルには相変わらず、一人でホテルの外に出ないように言われている。そのウィル自身は今日は午前中から用事があり不在だった。

サトウさんに見つからないようこっそり出て来たつもりだったが、うまくいかなかったらしい。

『早く乗りなさいっ』

『は、はい！』

急《せ》かされ慌ててリムジンのシートに滑り込んだ。ドアが閉まるのと同時に車が走り出し、振り返って見たサトウさんの姿が小さくなっていく。

電話をかけているようにも見えたけれど、車が角を曲がってしまってそれ以上は確認できなかった。

『自分から連絡してきたくせに、不安なの？』

『……違います』

明らかに挑発だと分かる言葉。前の短い会話でも感じたが、人の神経を逆撫でするのが得意みたいだ。

私は膝に鞄《かばん》を乗せながら前を向き、背中を伸ばして座り直す。

『その様子だとウィリアムには言わずに来たみたいね。賢明だわ』

『ウィルに話をしたら困ることでもあるんですか？』

『ウィリアムが私と二人きりで会うのを許可するはずがないと思っただけよ』

『それは……貴女が違法な人身売買を取り仕切っているからですか？』

私の言葉に、アリシアさんが動きを止めた。視線を向けると、薄いサングラスの向こうの瞳が丸くなっているのが見える。すぐにボルドーのリップが弧を描いた。

『そうよ。呆れたわ、貴女ってば私の仕事を知っているのに、連絡してきたのね』

『……っ』

分かっていても肯定されるとどきっとする。鞄《かばん》を握る手に力が入る。

『貴女はどうして私にあんなふうに連絡してきたんですか？』

『あんなふう？』

『わざわざ人を使ってまで、です』

ウィルがホテルへの立ち入りを禁止しているようなことを言っていたから、アリシアさん本人が何度も来づらかったのは想像がつく。そこまでして私に連絡を取ろうとしたのはなぜなのだろう。

あのメモには『本当のウィリアムを教えてあげる』と書かれていていているだけで、アリシアさんが何を考え、何をしたいのかまでは読み取れなかった。

『あら、そんなことは簡単よ。私はね、ウィリアムが欲しいの』

『欲しい？　それはつまり、ウィルを好きということですか？』

『……好き？』

きょとんとした顔になったアリシアさんが、笑い声を上げた。

肩を震わせながらサングラスを外し、目元の涙を真っ赤なネイルの指先でぬぐう。

『日本人は年よりも幼く見えるって言うけれど、考え方も幼いのかしら。好きだのなんだのって、あのウィリアム・ローランド相手によく言うわ』

バカにされたことに腹が立ったが、いまは自分のことに気を取られている時ではないと堪《こら》える。

『どういう意味ですか？』

『さっきから質問ばかりね。まあいいわ、教えてあげると言ったのは私だものね。ウィリアム・ローランドはね、一級品よ』

『一級品？』

『ええ。才能も能力もあの容姿も、すべてが完璧。どんなブランド品よりも価値があるわ』

一級品だとかブランド品だとか、何を言っているのだろう。まるでウィルのことをただの「物」――それこそブランドバッグにしか見ていないように聞こえる。

『分かるでしょう？　私は彼のような一級品が欲しいし、自分のモノを誰かと共有する気は一切ないのよ。手切れ金なら払うし彼にもうまく言っておくから、このまま日本へ帰りなさい』

『……い、嫌です』

『お金で買われたオモチャが私に逆らうつもり？』

『ウィルは私のことをそんなふうに扱ったりはしません』

『貴女もつくづくおめでたいわね』

アリシアさんが長い脚を組み替えてため息をつく。

『彼の本質は冷酷よ』

『え？』

『当たり前じゃない。あの紳士的な振る舞いはあくまでもビジネス用の仮面よ。ソフトなトークと善意だけで、こんなにも短期間で成功を収められるはずがないでしょう？』

『そんなこと……』

ない、とは言い切れない。

なぜなら私はウィルのことをそこまで深く知らない。仕事をしている時のウィルなら、なおさら。

『メモにあった「本当のウィリアム」って、そういうことだったんですか？』

『貴女が夢を見たままでいたいなら、彼の本性に幻滅する前にいますぐ日本に帰ることね。好きだの嫌いだのという感情で彼にほだされたのなら、なおのこと離れるべきよ』

『……それは、私が傷つくから、ですか？』

『ウィリアムの心にはずっと一人の女がいるのよ』

『え？』

『その女以外、彼にとってはどうでもいいの』

『どうしてそんなことが分かるんですか？』

『当たり前じゃない。そうでなきゃ、この私が誘惑して落ちないなんてあり得ないもの』

『……』

あまりにも自信満々に言われて、失礼だけど呆れてしまった。確かにアリシアさんはとても美人だしスタイルもいいし魅力的だと思うけど、ウィルはそういう外見だけでは惹かれない気がする。

けれどウィルの心に誰かいるというのは、気になった。

ウィルがずっと想っていた女性は誰なのか、それが私の知りたいことだから。

『アリシアさんがウィルと知り合ったのはいつですか？』

『彼が大学を卒業したあたりだから、もう十年くらい前かしら』

『その頃にはもう、ウィルの心は決まっていたんですか？』

『そうね。私がどんなに誘ってもまったく応えてくれなかったわ』

悔しそうに口にするアリシアさんを見ながら、そんなに前からなのかと驚いた。

もちろんアリシアさんの言葉を鵜呑《うの》みにすることはできない。彼女の主観が強いのと、ウィルの気持ちは彼自身にしか分からないから。けれどこの一か月未満の彼しか知らない私よりはずっと詳しいだろう。

ウィルは私に「自分で思い出してほしい」と言った。アリシアさんの口にしたことが本当で、その想い人が私なのだとしたら、ウィルと私は十年以上前に会っているということだ。

いまより十年以上前というと、私が小学生の時。確かその頃に私も外国人の男の子と話をしたことはあるけれど、彼は黒髪だった。名前も違う。

『それで、このまま送って行けばいいかしら？』

『え？』

アリシアさんは電話のようなものを手にして、『空港へ向かってちょうだい』と言っている。おそらく運転席へのインターホンだろう。

『空港ってどうして』

『このまま日本に帰るためよ。もう分かったでしょう？　貴女にウィリアムの相手は荷が重いし、邪魔なの』

『か……帰りません』

『へえ？』

アリシアさんが目を細めながら笑った。ボルドーのリップの色に迫力を感じ、怯《ひる》みそうになる。

『いま聞いた話が本当なら、貴女もウィルの相手は無理ですよね？』

『何を言っているのかしら』

広い車内にクスクスと笑い声が響く。気持ちがざらざらする、嫌な笑い方だ。

『ウィリアムが誰を想っていても、私には関係ないもの。子供みたいな初恋を引きずっていようとなんだろうと、どうでもいいわ。不倫なんてスキャンダルを起こさず、ビジネスパートナーとして私のモノにさえなればそれでいいのよ』

『ウィルの気持ちはどうでもいいということですか？』

『愛なんていうものはね、映画の中にしかないのよ』

ああ、この人とは相容れない。

私はウィルが温かいことを知っている。アリシアさんの言う通り冷たい一面があるのかもしれないけれど、それだけではないと。

お父さんの話をしてくれた時、私に「嫌われるかもしれない」と怯《おび》えていた。「愛している」と伝えてくれた言葉が、たとえ私に向けられた気持ちではなくても、嘘しかないなんて信じたくない。

ウィルのことをブランドバッグやアクセサリーのようにしか思えないこの女性とは、分かり合いたくもない。

『ウィルに「帰れ」と言われるならまだしも、貴女の命令には絶対に従いません』

『……そう』

アイラインで縁取られた瞳がすぅっと細くなった。

なんだか嫌な予感にぞわっと肌が粟立《あわだ》ったけれど、動くより前に口にハンカチが当てられる。ツンとした匂いがした。

『従順に言うことを聞いていればよかったのに、バカな子ね』

急速に頭が重くなり視界が暗くなる。意識がなくなるまで、聞こえた声が耳の奥で反響していた。

◇◇◇

頭が痛い。脳内でお鍋をお玉で叩かれているような不快感がする。

「……うぐっ」

突然吐き気に襲われ、目を覚ました。げほげほと咳きこみながら身体を起こし、周りを見る。

何があったのか思い出したいのに、ひどい頭痛のせいでうまく考えられない。胃がひっくり返りそうな感じがしたけれど、幸い嘔吐《おうと》することはなかった。

『意外に早く目が覚めたわね』

『……アリシア、さん』

私はどこかの部屋の床に転がされていたらしい。ぼんやりしていた頭が少しずつ回転しはじめる。

ホテルから電話をして、アリシアさんと車で話をしていた。日本に帰るよう言われて断ったことを思い出す。ハンカチを口に当てられ、そこで記憶がぷっつり途切れている。

まさか、こんなサスペンス小説のような出来事が自分に起こるとは。ラスベガスに来てから何度同じことを思っただろう。

『ここはどこですか？』

質問をしながら周囲を見回す。

広い部屋で床はカーペット敷き、窓はないけれど、壁には絵が飾られ観葉植物もある。ローテーブルと対面に置かれたソファ。大きな木製のデスクと革張りの椅子に、アリシアさんが座っている。

『私の仕事部屋よ』

そんなところだろうと想像していたけれど、眠らされているうちに連れてこられてしまったらしい。恐らく薬の影響で頭痛と吐き気があるのだろう。暴力を振るわれたわけではないらしくほっとした。

アリシアさんはこの先どうするつもりなんだろう。

身じろぎをすると何かが足に当たって倒れる。私の鞄《かばん》だった。外側のポケットから滑り落ちたスマートフォンを手に取る。時間を確認すると、私が意識を失ってから二時間以上も経っていた。

『ここは地下だから電波は通じていないわ。電話をかけようとしても無駄よ』

スマートフォンの画面を見ると、確かに電波がなかった。取り上げられていなかったことから期待はしていなかったけれど、誰とも連絡を取れないというのは不安になる。

電波が途切れる前なのだろう、ウィルからの着信とメッセージがたくさん来ていて、胸のあたりがきゅっとなった。

『私をここに連れて来てどうするつもりですか？』

スマートフォンを強く握りしめ鞄《かばん》を拾いながら立ち上がると、アリシアさんがデスクに肘をついて微笑んだ。

自分が圧倒的に優位に立っていると理解している顔だ。

『私もなるべく穏便に解決しようとしていたのよ？　貴女が素直に私の言うことを聞いていれば、本当にそのまま日本に帰してあげるつもりだったわ』

でもね、とアリシアさんが続ける。

『私、言うことを聞かない人間って大っ嫌いなのよ。物事が思い通りに運ばないことにもイライラするわ。だから貴女が自分でウィリアムの前から消えてくれないなら、排除するしかないわよね。オークションなんて手間のかかることはやめて、お得意様に直接売りつけてあげる』

『……っ』

『日本人の女ってね、高く売れるのよ。従順で大人しくて、ほとんど市場にも出回らないから。あの日のオークションもいつもよりずっと白熱していたし、今日も連絡したらすぐに買い手が決まったわ。どうせウィリアムにもお金で買われただけの関係なんだから、最初から他の人間に買われたと思いなさい』

この人にとって、私は本当にただの「モノ」で「商品」でしかないらしい。それは昨日のあの太ったおじさんもそうだったし、アリシアさんが連絡したという相手もそうだろう。

けれどウィルは違う。

私のことを「買う」なんてしたくなかったと言ってくれた。

お金で関係を強要することもしなかった。

私の気持ちを聞いて、尊重してくれた。

だからあんなはじまり方でも、私はウィルのことを好きになった。

今更もう誰も、ウィルの代わりにはなれない。

そうだ。

ウィルが本当は私ではない誰かを好きだとしても、関係ない。私はウィルのことを好きという自分の気持ちを大切にすればいい。

『私は貴女の「商品」ではありません』

アリシアさんを真っすぐに見返して伝える。

『私だけではありません。人を売るなんて間違っています』

『偉そうにお説教？　貴女に何を言われてもちっとも怖くないわ。だって貴女には力がないもの。貴女は「商品」よ。牛や豚のような家畜と同じ』

アリシアさんはドアを指さした。

『扉の外には力自慢のガードマンが待機しているわ。貴女がどんなに抵抗しても、簡単に押さえ込んでしまえる男たちよ。……そうね、売る前に少し従順にさせておいたほうがいいかしら』

『私を痛めつけても、ウィルは貴女のものにはなりません』

『……なんですって？』

『私を遠ざけても無駄です。ウィルは貴女を相手になんてしません』

『たかがお金で買われただけの女が、随分と調子に乗っているみたいね？』

アリシアさんのこめかみのあたりがピクンと震える。元々意思の強そうな濃いアイラインの目に睨みつけられると心臓が痛くなる。

でもここで折れたら、目を逸らしたら、負けてしまう気がする。

何一つ間違ったことは言っていないのに俯《うつむ》いてアリシアさんに屈してしまったら、自分が恥ずかしくてウィルとは一緒にいられなくなってしまう。

『貴女なんかがウィリアムの何を知っているって言うのよっ』

つかつかと私に近寄ってきたアリシアさんが手を振り上げた。あ、と思った瞬間にはパシンッと乾いた音が頬に響く。

平手打ちされたのだとあとから気が付いた。私は頬を押さえながらもその場で耐える。

そして真っすぐに、私より背の高いアリシアさんを見返した。

『そ、そりゃあ私はウィルのことはほとんど知りませんけど、それくらい簡単に分かります。調子にだって乗ります。だって私とウィルは結婚しているんですからっ』

『はぁ⁉　適当な嘘をつかないで――っ』

『嘘じゃないよ』

もう一度叩かれると覚悟した時、後ろからふわりと抱きしめられた。振り下ろそうとしていたアリシアさんの手首が、男の人の大きな手に掴《つか》まれている。

『僕と美緒は正式に結婚している、夫婦だ』

『……ウィリアムっ⁉』

アリシアさんが悲鳴のような声を上げた。

振り向かなくても、アリシアさんが名前を呼ばなくても、私には分かっていた。優しく力強く抱きしめてくれているのがウィルだということを。

身体に回された腕をきゅっと掴《つか》む。緊張で張り詰めていた心が一瞬で安心感に包まれた。

『どうして……ここが』

震えながらアリシアさんが後ずさった。

彼女の手首を離したウィルが両腕を私に回す。大きな身体に包み込まれる感覚に目が潤《うる》みそうになって、慌てて目元に力を入れた。

アリシアさんの前で泣きたくはない。

『美緒が教えてくれたんだよ』

『無理よ！　ここは電波が通じないし、連絡したにしても早すぎる！』

『美緒が連絡をくれたのは一時間半ほど前だよ』

『なんですって⁉　その時間彼女は眠らせていたはず……っ！』

アリシアさんの叫びにウィルの腕の力が強くなった。

『眠らせていた……？』

低い声を聞いただけで体温が下がる気がした。後ろを振り返って確認する必要もなく、ウィルが怒っているのが伝わってくる。

『美緒に変な薬を使ったのか？』

『少し頭が痛いだけで大丈夫だよ、ウィル』

『美緒を売ろうとしただけでも許せないのに、手を出すなんてバカなことをしたな、アリシア』

自分に向けられているわけでもないのに、ウィルが怖い。部屋の温度すら下がった気がする。

アリシアさんが何かに気圧《けお》されたようにまた一歩下がった。

『そんな……金で買った女くらい』

『美緒はお金なんかには代えられないよ。僕の人生で誰よりも、何よりも、僕の命よりも大切な存在だ』

『嘘よ！』

『嘘なんかじゃない。大体君が美緒の何を知っているというんだ。美緒は君が思いもしないほど魅力的で賢い女性だよ。君と会う危険性を事前に察していたんだろうね、僕のところに時限式のGPS情報が送られてきたんだ』

『……え？』

『一定の時間が経つと、スマートフォンから自動で送られてくるようにセットしていたんだ。そうだろう、美緒？』

ウィルに聞かれて頷いた。

アリシアさんが人身売買なんて恐ろしいことをしている人だと事前に聞いていたから、一人で会うことに躊躇《ためら》いがあった。ウィルやサトウさんに相談したら止められることも目に見えている。

だからアリシアさんと会う前に、三十分後に自動的にメールでGPS情報が送信されるアプリを入れた。予想外のことが起こっても、ウィルならきっと察して助けに来てくれると信じて。

電波の通じないところに連れてこられたと知った時には焦ったけれど、幸いその前に送信されていたようだ。

『……だからって、何よ！　ウィリアムのお父様の事業を継いだのは私よ⁉　ウィリアムは私と結婚して公私ともにパートナーになるべきだわ！』

『公私ともに……ね。君もつくづく愚かだな。どうして僕がここまで来ることができたのか、気が付かないのか？』

『え……？』

『ここはもう、ＦＢＩに制圧されているよ。君の頼みのガードマンももう逮捕されている。ここだけじゃない、君の家も他の拠点も、すべて押さえられている』

アリシアさんが眩暈《めまい》を起こしたようにふらりと足をもつれさせた。デスクに手をつきどうにか身体を支えている。

ウィルの言葉を裏付けるように、ドアから防弾チョッキを身につけた男の人たちが入ってきてアリシアさんを取り囲んだ。一様に怖い顔をして彼女を見下ろしている。

突然のことに驚いていたら、最後にサトウさんが入ってきた。目が合い、ほっとしたように微笑まれる。

ウィルだけではなくサトウさんにも心配をかけてしまったことに、今更胸が痛んだ。

『アリシア・ステイントン、人身売買をはじめ数々の違法行為について話を聞かせてもらう』

硬い声のＦＢＩらしき男の人に掴《つか》まれた二の腕を、アリシアさんは勢いよく振り払う。

『あり得ないわ……あり得ない、どうしてこんなことを』

『僕が君との繋《つな》がりを絶たなかったのは、今日のこの日のためだ。君を捕まえて、この事業を完全に潰すためにね』

『わ……私は、私はやっていないわ！　そうよ、私はウィリアムのお父様に騙《だま》されて無理やりに名前だけ貸さざるを得ない状況に……っ』

明らかに誰が聞いてもおかしな言い訳をする諦《あきら》めの悪さに、私は腹が立った。

「美緒？」

ウィルの腕から抜け出して彼女に近づく。

『何よ』

私を睨んでくるその顔に向けて、思いっきり手を振り下ろした。

――パンッ！

乾いた音とともに、今度は手のひらが熱くなった。

『貴女のせいで、どれだけの人が不幸になったと思っているんですか！』

あのステージ上での恐怖を味わったのは私一人ではない。私はウィルに救われたけれど、みんなにそんな幸運が舞い降りたなんて考えるほどおめでたくもない。

アリシアさんがいなければ、きっとウィルもお父さんが亡くなったタイミングでこんな負の遺産からは解放されていただろうに。

『人のせいにしていないで、きちんと償ってください！』

アリシアさんが捕まれば、売られた人たちの行き先も判明するはず。そうなれば救われる人もいるはずだ。そうであってほしい。

アリシアさんが頬を押さえながら私を呆然と見る。ただの「商品」だとバカにしていた女に叩かれたのがよほどショックだったのかもしれない。

『大丈夫だよ、美緒。ＦＢＩはみんなちゃんと分かっているから』

ＦＢＩの人たちにアリシアさんが連行されていくのをウィルと一緒に見送った。

ついさきほどまでは世の中に怖い物などないという態度だったのに、蒼白な顔で引きずられるように部屋を出て行く彼女を見ると、叩いたのはやりすぎだったかもしれないといたたまれない気持ちになる。

ぎゅっと両手を握りしめていると、ウィルの大きな手のひらに包まれた。

「美緒が無事でよかった」

「……心配をかけてごめんなさい」

「本当だよ。美緒がアリシアの車に乗って行ったと報告を聞いた時の僕の気持ちが分かる？　美緒からメールをもらうまで、どこでもいいからアリシアのいそうな場所を強襲しようかと思っていたんだよ。アリシアの拠点はラスベガスの中でもいくつかあってね、片っ端から探すしかないなと。ルークとＦＢＩに全力で止められたけれど、あと数分でも連絡が遅かったら一人でもやっていた」

まさかと笑おうとする前に、部屋の端に立っていたサトウさんが頷く。

「本当ですよ。下手に行動すれば、いままで何年もかけてきた準備が無駄になると分かっていても、貴女が心配でたまらなかったようです」

「……ルーク、余計なことを言うな」

「失礼いたしました、私は先に外に出ています。……このあとＦＢＩから話を聞かれるでしょうから、お二人もあまりのんびりはしないでください」

「あ、あの……っ」

私は出ていこうとしたサトウさんを呼び止め、頭を下げた。

「勝手にホテルを出てごめんなさい。呼び止められた時も無視してしまって、本当にすみませんでした」

「随分な無茶をしたとは思いますが、ウィリアムも大概ですからね。慣れました。ミオさんが無事でよかったです」

苦笑しながらそう言い残して、サトウさんは出ていった。小さな音を立てて扉が閉められ、部屋に二人きりになる。

ウィルが私を抱きしめたまま動く気配がないので、何もできない。

「体調は大丈夫？　薬を使われたと言っていたけれど、吐き気は？」

「頭が少し痛いけど、大丈夫」

「殴られていたみたいだけど、それは？」

「殴るなんて……少し叩かれただけで、もう痛くないよ」

安心してもらおうと思ってそう言ったら、ウィルの腕の力がますます強くなった。

「私に一人でホテルを出ないように言っていたのは、アリシアさんを警戒していたから？」

「そうだよ。彼女は僕に妙な執着心を持っていたから、美緒を見たら絶対に何かしてくると思ったんだ。ホテルの中なら従業員の目があるし、ルークがいるからね」

「それなのに勝手なことをして……ごめんなさい」

「……美緒」

名前を呼ばれ頬を大きな手に包まれた。

促《うなが》されるように顔を上げると、ウィルの澄んだ蒼い瞳が私を真っすぐに見つめている。心臓がきゅうっと切なくなった。

「僕にとって美緒は特別なんだ。『愛している』なんて言葉でも足りないくらい、美緒が好きなんだよ」

「う、うん。……ありがとう」

「何も言わずにこんなことをしたのは、僕に話をしたら反対されると思ったから？」

図星をさされて否定できるはずもなく、小さく頷く。

「お願いだから、次に何かを行動する時は必ず事前に僕に相談をして。僕も美緒の気持ちを考えずに反対しないようにするから。もっと、自分を大切にしてほしい」

「はい、ごめんなさい」

目を見つめながら素直に謝ると、またぎゅうっと抱きしめられた。

まるで私の存在を確かめているような気がして、私もウィルの背中に手を回してぎゅっと力をこめた。

◇◇◇

「……はい、本当に申し訳ありません。詳しいことが分かったら必ず報告いたします」

何度も謝罪を繰り返して電話を切った。大きなため息が漏《も》れる。

「美緒、大丈夫だった？」

「なんとか。部署の他の人たちには上司から伝えてくれるって」

そう言って、私は電話をしている間にウィルが淹《い》れてくれたらしいミルクティーのカップを受け取った。ソファに腰を下ろして一口飲むと、胃の中まで温まりため息をつく。

「まさか事情聴取のためにＦＢＩに引き留められるとは思わなかった……」

私の横に腰を下ろしたウィルも、ラフな格好でコーヒーを口にする。大きな手で私の頭をゆっくりと撫でてくれた。

昨日、アリシアさんがＦＢＩに連行されたあとも大変だった。

まず、変な薬を使われたんじゃないかと検査を受けるようにウィルが主張して譲らず、病院に行って、腫《は》れたら大変だからと頬を冷やされた。そのあとは夜遅くまでＦＢＩにアリシアさんと何がありどのような会話をしたのか、根掘り葉掘り聞かれたり。

ウィルは以前からＦＢＩと連携して捜査を進めており、お父さんとの関係は表に出ないように計らう前提で協力していたらしい。

「ホテル経営というサービス業である都合上、マイナスなイメージは困るからね」とウィルは苦笑していた。

それでもマスコミに暴露されたりしないのかなと思ったけれど、「下種《げす》な勘繰りは知らぬ存ぜぬで通すし、ひどければ名誉棄損で訴えるよ」とも言っていた。

「ただ、美緒を『買った』ことだけは公式の記録に残せないから言わないでほしい」

私がお願いされたのはそれだけだ。

ウィルが協力者という立場であっても、オークションに参加していたとなると話が変わる。ＦＢＩには事情を説明し理解を得られていても、あくまでも水面下での話。聴取の記録に残るとさすがに潰すのが難しくなる。

私を落札した時の支払いも「海外の架空口座をいくつも経由し、仮想通貨で支払っているから足は付かないよ」となんでもないことのように笑っていたウィルには、それ以上深くは突っ込めなかった。

アリシアさんはこれから正式に捜査されたあと、裁判にかけられるらしい。ウィルのお父さんの事業を引き継いだだけとはいえ、この一年間取り仕切っていたのは間違いなく彼女で、実刑は免《まぬが》れないだろうと教えられた。

そんなこんなでホテルに戻ってこられたのは、日付も変わった深夜だ。倒れ込むようにベッドに入ったが、太陽が昇るかどうかの時間に電話が鳴って起こされた。ＦＢＩからで、近いうちにまた詳しい話を聞かせてほしいと言う。

一週間の滞在の予定が一か月になり、さらに延びてしまう可能性が出てしまった。こっちの早朝は日本の夜だ。報告は早いほうがいいと思ってかけた電話に、上司が出てくれて助かった。トラブルが発生して滞在がさらに延長することを伝えると心配してくれて、会社のほうは気にするなと言ってくれた。解雇されても仕方がないのに、本当にいい上司だ。

以前ウィルが話をしてくれた影響も大きいのだろう。

「僕の事情で何回も引き留めてしまってごめんね」

ウィルが自分のコーヒーと私のミルクティーをテーブルに置いてこちらを見る。そして、私を抱き上げて膝の上に乗せた。ウィルはソファに座っていると私を膝に乗せたくなる癖があるみたいだ。

「もしかして一か月間アメリカにいるように言ったのも、アリシアさんのことがあったから？」

ホテルを出るだけでなく、日本に一人で帰るのも危なかったから？

そういう意味で聞くと、ウィルが申し訳なさそうに笑った。

「ＦＢＩとの連携のために僕はラスベガスから離れられなかったからね。予定でもこの一か月が大詰めだったから、それを過ぎれば安全になるし、一緒に日本に行ける見込みだったんだ」

私はウィルの言葉を聞いて顔を上げた。

「……これからのことを話してもいいの？」

「え？」

「ウィルとのことはなんだか夢みたいにふわふわしていて、日本に帰ったら現実に戻って消えてしまいそうで怖かったの」

ラスベガスに来てから非日常の連続で、現実だけど現実ではないような感覚が消えない。怖かったこともドキドキしたことも間違いなくリアルだったけれど、日本に帰ってまた会社で働きはじめたら泡みたいにパチンと弾けてしまいそうな気がしていた。

だから二人の未来なんてないような気がして、先の話をすることもできなかった。

ウィルが目を丸くして、私をぎゅうっと抱きしめる。

「僕は美緒を愛していると言っただろう。嫌だと言われても、離してなんてあげないよ。これから先もずっと、永遠に。だから結婚したんだ」

力強い腕の中にいると安心できるようになったのはいつからだったのだろう。こうしてぴったりと寄り添っているのが自分の居場所だと感じるくらい心地いい。

ドキドキしてくすぐったく、ずっとこうしていたいと思ってしまう。

「ウィル」

小さく名前を呼んだ。ウィルが察して腕の力を弛《ゆる》めてくれる。

私は近くにある蒼い瞳を見つめた。

「ウィルが好きです」

言葉にすると浮ついていた感情がよりはっきりと明確になった。

ウィルが好き。

こうして側にいて触れ合っていると気持ちが強く、大きくなっていく。甘酸っぱくてどこか恥ずかしいけれど嫌ではない。こんな気持ちは初めてで、とても幸せだ。

ウィルが澄んだ瞳を丸くした。

「僕のことを……思い出してくれたの？」

「ごめんなさい、それはいまも分からない」

謝るとウィルの顔が一瞬かげり、私の胸も痛くなった。

でも、と続ける。

「私はいまのウィルと一緒にいて、好きになったの。それではだめ？　ウィルは昔の『美緒』でないと好きになれない？」

「……そんな言い方はズルいよ、美緒」

「ごめんな……さい」

ウィルの気持ちも知らずに軽はずみだったかもしれない。

アリシアさんの言っていたことが本当なら、ウィルにとっては十年以上も抱えていた想いなのだから、少し一緒にいただけの私が軽率に否定するようなことを言ってはいけなかった。

申し訳なくて離れようとしたら、苦しいくらいに強く抱きしめられた。

「美緒と話をしていると、自分の不甲斐なさに気が付かされるよ」

「え？」

「美緒が僕のことに気が付いてくれなかったのが悔しかったんだ。僕にとってはとても特別な記憶だったのに、美緒は違ったのだと思い知らされた気がして……美緒の言う通り過去にこだわらず最初からきちんと話をして、いまの僕を好きになってもらう努力をするべきだった」

ウィルが私の顔を覗きこむように視線を合わせてきた。

大きな手に頬を撫でられる。

「美緒と初めて会ったのは、僕が十三歳の時。その時は『ビル』と名乗っていたよ」

ビル……？

名前を聞き、一気に記憶がよみがえる。まだ小学生くらいの頃、近所にあった大きな家で男の子に会ったことがある。

ずっと誰も住んでいない家だったけれど、庭の花がキレイで私は前を通る時によく眺めていた。

ある日、空き家だと思っていた家の庭で男の子を見かけた。美しい庭の空気に溶け込むようにキレイな男の子で、人間ではないかもしれないなんて、いま思えば笑ってしまいそうなことを当時は真剣に考えた。

見惚れるように男の子を見ていたら声をかけられ、庭の中に入れてもらった。

すごく頭がよくて難しい話も多かったその男の子が、ビルと名乗ってくれたことは覚えている。

何度か庭に入れてくれておしゃべりをしたけれど、彼はすぐにいなくなってしまった。

「いつか迎えに来るから僕を忘れないでね」

そう言われたけれど、小学校を卒業しても音沙汰がなく、中学が終わる頃にあの大きな家は売られたとかでいまはマンションが建っている。私も小学生の頃はよく思い出していたけれど、中学生になり高校生になり、環境が変わっていくうちに段々と記憶が薄れていつからか忘れてしまっていた。

けれど、昔のことを思い出そうとしてもウィルとまったく結びつかなかったのは、そういう理由ではなく――

「本当にウィルがビルくん、なの？　だって髪の色が違うのに……名前も」

ウィルは光り輝く金髪だ。長いまつ毛まで金色。私の記憶が正しいのなら、ビルくんの髪は真っ黒だった。

驚きながら言うと、ウィルが苦笑する。

「あの時は一時的に髪を染めさせられていたんだよ」

「え……どうして？」

「あの家は元々、母の個人的な持ち物だったんだ。離婚しようとして僕を連れて逃げるように日本に来たんだけど、そこで目立たないようにとね」

「もしかして、名前も？」

「ウィリアムという名前は、ウィルともビルとも呼ばれるんだ。僕はみんなにウィルと呼ばれていたけれど、日本にいる間だけはビルと名乗るように言われていた。なんの意味があるのかと思っていたけどね」

ウィルを連れて行かれないようにするためだろうか。人を売り買いするような事業をするようなお父さんと本気で離婚しようとしていたなら、それだけ必死だったのかもしれない。私には想像することもできないけれど。

「次に美緒に会ったら、ウィルと呼んでほしいと思っていた。それが叶った時は本当に嬉しかったよ」

そういえば、欧米の人にとって愛称は本当に親しい人同士でしか呼ばないと聞いた気がする。

そうか、ビルくんがウィルだったのか。

金色の前髪をそっと持ち上げ、まじまじと顔を見つめてみる。

「思い出してくれた？」

「……ビルくんのことは覚えているけれど、ウィルとはいまいち繋《つな》がらなくて。ビルくんはもっと可愛い感じの顔をしていたような気がするし」

「成長期前だったからね。あのあと両親の離婚が正式に決まり、アメリカに戻ったら身長がいきなり伸びはじめたんだ」

ウィルが楽しそうに目を細めた。その蒼い瞳が記憶のどこかに引っかかった気がする。

『ねぇ、美緒。いつか迎えに来るから僕を忘れないでね』

……あ、そうだ。

私の目を真っすぐに見つめてそう言ってくれたビルくんの瞳も、この色だった。ウィルは本当にあの頃からずっと、私を想っていてくれたんだ。

いままで悩んでいたことが嘘のように、自然に納得できた。胸の奥から何か熱いものが溢れてくる。疑惑も不安も溶けて消えていく。

嬉しくてたまらない。

もし誰か他の女の子と間違えられていても、私がウィルを好きという気持ちには関係がないと思っていた。でも間違いなく私を想っていてくれたんだと確信したいまは、それに強がりも含まれていたことに気付く。

私はウィルの背中に手を回して抱きついた。

「美緒？」

「いま、分かったよ。ビルくんはウィルだって。ずっと想っていてくれてありがとう。私に、ウィルを好きって気持ちをくれてありがとう」

「……っ」

ウィルの腕にまた強く抱きしめられた。力加減がそのままウィルの気持ちの大きさのような気がして、苦しいことが幸せだった。

「美緒、キスをしていい？」

「え？」

「いますごく、美緒とキスしたい」

耳元に囁《ささや》かれた言葉に、顔が熱くなる。

ウィルとキスをしたのは、感情のままに部屋を出ようとして引き留められた時だけだ。

「……ねえウィル、唇にキスをしなかったのにも何か理由があるの？」

腕の中から尋ねると、ぴくんとウィルの身体が揺れた気がした。

聞いてはいけないことだったかと見上げると、気まずそうに視線を逸らされる。

「ウィル……？」

「笑わない？」

「え？」

「呆れたり、しない？」

「多分大丈夫だと思うけれど」

私がウィルを笑ったり呆れたりするなんて想像がつかない。

そんなに言い辛い理由があったのかなと心の準備をしていると、ウィルの耳がほんの少し赤くなっていた。

「……美緒が僕に気が付いてくれなかったのが悔しかったと言っただろう？」

「うん」

「だから……美緒が思い出すまでは唇へのキスは我慢しようと思っていた」

「……ごめんね、よく分からないんだけど。悔しいと、キスをしない理由になるの？」

「キスをしたら、僕はもっと美緒のことを好きになるじゃないか。僕だけがどんどん美緒に夢中になっていくのが分かりきっていたから。なんだか……意地で」

それに、と目を逸らしたままウィルが続ける。

「ここに連れて来た日、キスをしようとしたら嫌がっただろう？」

「……え」

あの夜はウィルのことを知らず、何をされるのか分からない恐怖しかなかった。そんな時に顔が近づいてきて、キスをされると思い怖かったことを覚えている。

結局頬にされてほっとしたことも。

「美緒に何度も拒否されたら……さすがに傷つく」

最後は小さな声でぽつんと口にした。隙間ないほど抱きしめ合っていなかったら聞き逃してしまったかもしれない。

まさか、あの常に堂々としていて余裕と自信のあるウィルから、そんな理由を聞かされるとは思わなくて。

「……ふふっ」

どうしようもなく可愛くて、愛おしくて、思わず約束を破って笑ってしまった。ショックを受けたように蒼い瞳がこちらを向く。

「笑わないと言ったじゃないか」

「ごめんなさい。でも、だって……ウィルが可愛くって」

「こんな時に『可愛い』なんて言われてもまったく嬉しくないよ」

「ごめんなさい、ウィル」

謝りながらも肩の震えが止まらない私に、ウィルが大きなため息をついた。

「もういいよ。笑っている余裕なんてなくしてあげるから」

「……え？」

とすんと背中に衝撃を感じた。ウィルの顔と天井が見える。

「ウィル？」

「ん？」

「あの、この体勢は……」

一瞬前までの拗ねたような表情を消し去ったウィルが、妖《あや》しく笑った。早朝の爽《さわ》やかな空気には似合わない濃厚な雰囲気をまとった姿に、ぞくりとする。私は、そっと肩を押してウィルとソファに挟まれた隙間から脱出しようとした。

だけど両手をひとまとめにされ、ソファに押し付けられてしまう。

「キスをしていいよね、美緒」

「……え、あの。んっ」

何か言おうとした瞬間に唇を塞がれた。顔を背《そむ》けられないよう、片手で顎を掴《つか》まれる。

ねっとりと唇を舐められ、背中に何かが走った。ぞくんと震える。

何、いまの。

まるでウィルの大きな手に色んな場所を触れられた時のような感覚。いまは唇同士が触れ合っているだけなのに。

「美緒、唇を開いて？」

「やっ……んっ！」

だめだと言おうとしたのに、口を開いた拍子にウィルの舌が中に入ってきてそれも叶わない。

舌先で私の舌をつんつんとつつかれる。どうすればいいのか分からず逃げようとしたら、ウィルの舌が絡んで引っ張られた。

「ん、ん……っ」

鼻から抜けるような声が止まらない。口内のどこもかしこも舐められ、息をするだけで精一杯だ。

「美緒……可愛い。可愛くて、大好きだよ。美緒」

「……うぃ、るっ」

吐息の合間に名前を呼ばれる。可愛いと何度も繰り返され、好きだと伝えられる。

私も同じだけ想いを伝えたいのに、舌が痺《しび》れてうまく言葉にできない。そうしている間にまたウィルに口内を舐められ、頭がくらくらした。

「……美緒」

「うぃ……る」

ちゅ、と音を立てて唇にキスをされた。

ぼんやりと目を開けると、妙に色っぽいウィルが至近距離で私を見下ろしている。

「美緒が可愛すぎて、愛おしすぎてたまらない。このままここで愛し合いたいんだけど、いいよね？」

「……え？　あっ」

ウィルの大きな手が私の胸を包んだ。指先にやわやわと力を入れられ、服の上から形を変えられる。

「あ、ウィル……っ、だめ、朝から、こんなところで」

身体をよじってウィルの手から逃れようとするも、反対の手で私の両腕が押さえつけられている
せいで大した抵抗にもならない。

ウィルがくすりと笑い、私の耳元に息をふきかけた。

「身体の隅々まで、美緒にキスをしたい」

「……っ」

ウィルの低い声が耳から直接頭の中に響く。身体の奥が一気に熱くなった気がして、私は必死に
首を横に振った。

「だめ？」

「だ、だめ……」

「どうして？」

「どうして、って……」

「僕たちは夫婦だろう？　しかも新婚だ。新婚の夫婦が愛し合うことに、なんの問題があるの？」

「っ」

ちゅっと耳に音を立ててキスをされ、ぞくぞくと全身の肌が粟立《あわだ》つ。

「ねえ、美緒。やっと両想いになれたんだ。美緒の身体も心も、すべてほしい」

「……だめ、だめぇっ」

目に涙を溜めながら拒絶しても、ウィルは耳にキスを繰り返す。それどころか、胸に触れていた
手にワンピースのボタンをぷつんと外された。

だめなのに、逃げられない。ウィルの唇が耳から首筋、ボタンを外されたワンピースの襟の中に下がってくる。

「美緒の声は嫌がっているように聞こえないなぁ」

くすくす笑いながら、ウィルが首筋に吸い付いた。チクッとした痛みのあとに感じる濡れた感覚に、びくんと身体が震える。

「ねえ、美緒。どうしてだめなの？」

顔を上げたウィルに舌で唇をなぞられる。

私を見下ろすウィルの視線はどこまでも優しくて甘いのに、その奥にぞくっとするような熱が見えた気がした。

「だ、だって……」

「うん、だって？」

「……このままシてしまったら……これからキスをするたびに、今日のことを思い出してしまうから」

私のファーストキスはこの前だけど、記憶に残るのは今日だと思う。ウィルと気持ちを通い合わせての初めてのキスだから。

けれどこんなに朝早くからこの場所でしてしまったら、絶対に一日中思い出してしまう。この前痕を付けられた時も、鏡で見るたびにウィルの唇の熱さや柔らかさが頭の中で再生されて大変だったのだ。

「……美緒」

ウィルは呻《うめ》くように言うと、ぽすんと私の肩に顔を埋《うず》めた。苦しそうな声に不安が湧き上がる。

何か変なことを言ってしまったのかもしれない。

「ごめんね。美緒の意思はできるだけ尊重してあげたいと思っているけれど、いまは聞いてあげられない」

「え？」

「そんな顔で可愛いことを言われたら、止められないよ」

「え……んんっ！」

どういうことか聞き返そうとしたのに、ウィルに唇を塞がれてそれも叶わない。また口内に舌を入れられ、翻弄《ほんろう》される。呼吸すら呑まれる。

「美緒が恥ずかしさなんて感じなくなるくらいたくさんのキスをして、数えきれないくらい愛し合おう」

私の腕を押さえていたウィルの手が、すべてのワンピースのボタンを外す。今度は慌てて私がウィルの手を掴《つか》んだ。

「だ、めぇ……っ」

「みーお」

必死に抵抗したら、またキスをされ口内に舌を入れられた。くちゅくちゅと音を立てながら舌を絡ませ、唾液を送り込まれる。こくんとどうにか呑み込むと、妙に甘く感じて眩暈《めまい》がした。

呑み込みきれずに口の端から流れ落ちた唾液を舐められる。ぼんやりした視界で見上げると、またキスをされた。

「うぃる……ひゃぁっ」

「美緒は胸も可愛いよね。僕の手にちょうどいいし」

いつの間にかワンピースだけでなくブラジャーも外されていて、裸の胸を大きな手に包まれて持ち上げられていた。

私がそちらに吸い寄せられるように視線を動かしたのに合わせたタイミングで、長い指がくりっと先端を摘《つま》む。高い声が出て、びくんと身体が跳ねる。自分の反応に顔が熱くなると、ウィルが小さく笑った気配がした。

私が見ていると分かっているはずなのに、見せつけるように両胸の先っぽをこりこり転がしたり弾いたりする。ウィルの手に弄《もてあそ》ばれるたびに身体が反応して、自分ではどうにもならない。

ふと顔に陰を感じると、ウィルにまたキスをされた。口の中に舌が入り込み、私のものに絡んできて吸われる。

思わず目の前のシャツにぎゅっと掴《つか》まった。

「美緒の身体はどこもかしこも甘いけれど、キスは格別だね」

どれだけ口内を味わわれていたのか、それすらも分からない。

肩で息をしている私に対し、余裕のあるウィルがぺろりと唇を舐めながら笑った。些細《ささい》な仕草なのにどうしようもなく色っぽく見えてしまって、心臓が大きく鳴る。視線が引き寄せられて離せなくなる。

ウィルの顔が、唇が、また近くなってくるのが妙にスローモーションのように見えた。やがて、ちゅっと音がする。

「美緒のすべてを僕にくれる？」

澄んだ蒼い瞳に真っすぐに懇願される。命令ではないのに、断る選択肢も拒絶する意思も溶けて消えてしまう。

私は、そっと腕をウィルの首にしがみつくよう回して、ソファから背中を浮かせた。今度は自分から音を立てて唇を触れ合わせる。

ウィルの蒼い瞳が驚いたように丸くなる。

「ウィルを私にくれるなら、私の全部をあげ……る」

「僕のすべても美緒のものだよ。当たり前だろう、夫婦なんだから」

「……んっ」

ウィルの舌に言葉も思考も搦《から》め取られる。

口内を舐められ舌を吸われてぞくぞくしている間に、上半身だけではなく下半身の衣服も取り払われてしまった。腰に腕を回して浮かせられると、するんと下着を引き下げられる。小さな布地がすぐ横のローテーブルの上に落とされるのを、視界の隅でなんとなく確認した。

「美緒の全部、見せてね」

「ぁっ……！」

「やっぱり、すごくキレイだ」

大きな窓から入る陽射しが、部屋の中を明るく照らしている。

そんな中、身体を起こしたウィルにまじまじと上から見下ろされ眺められた。恥ずかしくて思わず顔を隠すと、ウィルが笑った気配がした。

「美緒は僕とこういうことするのは慣れない？」

「……っ！」

ウィルに膝裏を掴《つか》まれて両足を大きく広げさせられた。私の恥ずかしいところが明るい部屋の中で、ウィルの視線を受ける。

「な、慣れ、ないっ」

もう怖くはないけれど、ウィルのように平気になる日が来る気はしない。

「いまも顔が真っ赤になっているもんね。美緒のそういうところも可愛くて大好きだよ」

「……っ」

こういう時にもさらりと「可愛い」や「好き」と言うのはやめてほしい。ただでさえうるさい心臓が弾けてしまいそうで心配になる。

「食べてしまいたいほど可愛いというのは、きっとこういう気持ちのことを言うんだろうね」

「あ……っ、きゃうっ」

ウィルのキレイな顔が私の足の付け根に吸い込まれるように近づく。ぴちゃりと、これまでに教えられた気持ちいい場所を舐め上げられる。

そのまま少し下におりて、「食べてしまいたい」という言葉をそのまま体現するように、とろとろと溢れていたものに吸い付かれた。

そして、キレイな顔にまったくそぐわない音を立てられる。

「んんっ……、や、ぁっ！」

自分の身体がどうなっているのか知りたくなくて耳を塞いでも、音が大きくてなんの意味もなかった。ウィルが美味《おい》しそうに啜《すす》る様子を見せつけられて、眩暈《めまい》がする。

こういうことをされるたびに自分の身体がいやらしくなっていくようで、恥ずかしさが増す。じゅるじゅると啜《すす》り喉を鳴らして呑み込む間、ウィルは楽しそうに私の顔を見上げていた。

「やっぱり美味《おい》しいね」

「……う、うう」

どうしてウィルはこういうことをしても平然としているのだろう。私はいたたまれないような、逃げ出したいような気持ちになるのに。

恥ずかしくても、もう「やめて」とは言えない私の気持ちも見透かされているようで、そういうところも含めて、私はウィルには一生敵《かな》わないのだろう。

ウィルが長い指で入り口を撫でてぬめりをまとわせ、つぷんと埋《うず》めてきた。

最初の夜のような怖さはなく、私の身体はこの先のことを期待して長い指を締め付けてしまう。

「これは痛くない？」

「……へい、きっ」

「そうしたら一緒にここを舐めてもいいかな？」

鼻先でちょんと、敏感な突起に触れられた。まるでわんこがするような仕草でも、ウィルにペットのような可愛らしさはない。ぞくんと背中に走った刺激に息を詰めると、私の返事を聞く前に「舐めるね」と宣言された。

返事をできなかった代わりに、ウィルの金の髪に手を置いて少しだけ腰を浮かせた。

「嫌ではない」という意思表示を正確に受け取ってくれたウィルが、私を見上げて目を細める。

どきんと心臓が跳ねたのは期待だったのか、それとも――

「ひゃああっ！」

指と舌が同時に動き、中と外を刺激された。悲鳴のような嬌声《きょうせい》が広い室内に響く。背中が痺《しび》れる。

気持ちよさに抵抗できなくなる。

「ウィル……っ、うぃ、る……！　うぃ、るぅっ」

「ん……すごい、ね。美緒の中、溢れてくる」

うわ言のように名前を呼ぶことしかできない私を、ウィルが優しく容赦なく追い詰める。身体の中の気持ちいいところを何度も刺激され、敏感な突起を舌で押し潰されたかと思うと吸われた。

時間も部屋の明るさも頭の隅に追いやられる。ウィルから与えられるものがすべてになる。

「あっ、ああ！　うぃる、ウィルっ！」

「いいよ、美緒」

「っ！」

湧き上がる予感に切羽詰《せっぱつ》まって名前を呼ぶと、何もかもを察したウィルに許可を与えられた。その瞬間を身体が待っていたように、熱が弾ける。

「ひゃ、あ！　あああーっ」

ソファの柔らかいクッションに何度も背中が跳ねた。ウィルの舌の動きに導かれるように、断続的に指を締め付ける。

目の前が真っ白になる。

「……美緒、大丈夫？」

気が付くとウィルに顔を覗きこまれていた。

ほんの少し眉が下がっている表情に、心配させてしまったのかなと思う。どうやら気持ちよさに一瞬意識が飛んでしまっていたらしい。

「だいじょ、ぶ」

「よかった。喉が辛そうだから、少し水を飲もうか」

ウィルの提案に小さく頷いた。

部屋に備え付けの冷蔵庫に水を取りに行く背中を、身体を起こして見つめる。後ろ姿だけでも、スタイルがよくて動きが洗練されているのが伝わる。

こんな人と結婚して、想いが通じ合っているなんてまだ不思議な気分だ。

「僕が飲ませていいよね？」

何を言われているのかが分からず首を傾げると、持ってきたペットボトルの水をウィルが呷《あお》った。

理解するのと同時に顎を掴《つか》まれて、ウィルの口から水を流し込まれる。

反射的に目を瞑《つぶ》って飲み込んだ。

「もっと飲む？」

「……飲む」

ウィルから口移しで冷たい水を与えられて嚥下《えんか》する。

何度も繰り返し、いつの間にか自分から望むように目の前の首に手を回していた。

全部脱がされて何も身につけてない裸の胸が、白いシャツに潰される。

「……ウィルも、脱いで？」

「ん？」

「私だけ脱いでいるの、恥ずかしいから」

私の顎に溢れて流れていた水を舐めたウィルが、楽しそうに目を細めた。手を取られ、シャツの裾に導かれる。

「それなら美緒が脱がせて？」

「え」

「僕が美緒を脱がせたんだから、今度は美緒が僕を脱がせてよ」

「……う、うん」

男の人の服を脱がせるなんてもちろん初めてだ。ウィルとは何回かこういう行為をしたけれど、身を任せているだけだった。

躊躇《ためら》っていると、くすくすと小さな笑い声がして、抱き上げられた。驚いて声を上げている間に、ソファに座ったウィルの膝の上に下ろされる。

もう何度も経験した体勢だけれど、状況が状況なだけに落ち着かない。

「みーお？」

名前を呼ばれてはっとした。黙っていても何も伝わらないと学んだはずだったのに。

私もウィルが好き。ウィルを欲しい。この気持ちは嘘ではない。嫌なわけではないと、行動でも示さなければ。

「じゃあ、手を上げて？」

「うん」

「……っ」

素直に子供のようにバンザイをしてくれたウィルの仕草が可愛く、胸のあたりがきゅんとする。

私は白いシャツを一気に持ち上げ、金色の頭から引き抜いた。

一枚しか着ていなかったようで、引き締まった身体が私と同じように明るい室内に晒《さら》される。何度も触れ合い重ね合ったはずの肌なのに、目の前で露《あら》わにされるとどうしても顔が熱を持つ。

「し、下も？」

「美緒が嫌でなければ、前を寛《くつろ》げるだけでもしてほしいな」

「う、うん。分かった」

ごくんと喉を鳴らす。ここまで来て拒否する選択肢はない。

いつものスーツとは違う、ラフなデニムパンツにそっと手をかけた。震える手でどうにかボタンを外し、チャックを下ろす。ジーッという音が妙に大きく聞こえる。

中に押し込まれていたものが、ボクサーパンツの隙間からぶるんっと飛び出してきた。

「っ！」

「……まだ怖い？」

見たのは初めてではないのに一瞬怯《ひる》んだのを見透かされ、私は必死に首を横に振った。そして、困ったように微笑んでいるウィルを真っすぐに見つめる。

「な、慣れてはいないけど……大丈夫。ここも、ウィルの一部だから」

大好きなウィルの一部だから、怖くはない。それに「これ」が想像を絶するほど気持ちよくしてくれることを、私は身体で知っている。

私の返事に、ウィルが嬉しそうに目を細めた。

「そうしたら、このまま美緒に自分で入れてみてほしいな」

「え……自分、で？」

「そう。このまま膝で立って、ここに自分で腰を下ろしていくの」

ウィルの両足を跨《また》ぐようにソファに膝立ちさせられ、足の付け根にぴったりと硬いものをあてがわれた。

何を求められているのか分からないほどバカではない。

自分から迎え入れたことはないけれど、逃げ出してしまいそうな気持ちをまるめて心のゴミ箱に投げ捨てる。私は、目の前の首に両腕を回した。

「美緒、大丈夫？」

「だ、だいじょうぶ」

「でも身体が硬いよ？　少し深呼吸しようか」

「だいじょうぶ、だから！」

勢いでいかないとせっかくの決意も萎《しお》れてしまいそうで、ウィルの優しさを強めの口調で断った。

私は両腕に力を入れてしがみつきながら、腰を下ろす。ウィルにされる時はあっさり中に入ってくるのに、なぜか入り口からまったく進まなかった。

「美緒、みーお。こんなに緊張していたら難しいよ。頑張ってくれている気持ちは伝わっているから、少しリラックスしよう」

「……ウィル」

背中を優しく撫でられ、身体を離した。

すぐ目の前のウィルが優しい瞳で私を見つめていて、なんだか自分の情けなさに目が潤《うる》む。

「……全然うまくいかない。下手でごめんなさい」

「謝る必要なんかないよ。僕は美緒が一生懸命に応えようとしてくれているのが嬉しい」

「でも……」

「美緒は少し考えすぎかな。ほら、肩の力を抜いて？」

「……んっ」

ウィルの顔が近づき、唇を塞がれたと思ったら舌が入って来た。

反射的に逃げようとしたら、大きな手に頭の後ろを掴《つか》まれて動けなくなる。強い力ではないのに、顔を背《そむ》けることすらできない。奥に引っ込んでいた舌を引っ張り出され、音を立てて絡ませられる。

思考も何もかも、唾液の絡む水音に支配される。

「ん、いい子だね。そのまま力を抜いて、腰を下ろしてごらん」

「……ぁ、んっ」

キスをしながらウィルに促《うなが》され、言われるままに腰を落とした。

一瞬の抵抗があったけれど、さきほどが嘘のようにぐぷんと自分の中に大きなものが入ってくる。

お腹の中が圧迫され、満たされる。背中がぞくぞくする。

「ウィ、るぅ……っ」

「ん……、すごい、ね」

明るくて広い室内で、私は裸でウィルは下半身しか洋服を身につけていない。ぴったり肌を重ねて、ひっきりなしにキスをして、ウィルの熱を自分で迎え入れている。すごく背徳的なことをしている気分だ。

一度先端が入ると、その先の抵抗はほとんどなかった。ずぶずぶと根元まで呑み込んでいく。

そうすると今度はもっと激しい刺激が欲しくなって、そわそわしてきた。

ウィルは察したように身体を支えたあと一瞬引き抜き、ソファのスプリングを利用して、ぱちゅんっ！　と突き上げた。

絡み合う舌も、繋《つな》がった場所も、熱いくらいの肌も、何もかも気持ちいい。

ウィルとの時間は、まるでパズルのようだ。お互いの気持ちを少しずつぴったりとはめていき、一つの大きな形にする。二人で作り上げていく。

「美緒、自分でも動いているのに、気が付いている？」

「んん……っ、え、あっ！」

指摘され、自分がウィルの動きに合わせて腰を揺らめかせていることを知った。

「ここ、気持ちいいんだね」

「ああっ！」

無意識にこすり合わせていたところを意図的に刺激される。ウィルの持つ凶器の先端、傘のように張り出した箇所で引っかけるように行き来された。跳ねる身体を回された腕で押さえ込まれ、気持ちよさすべてを与えられる。

「はげ……しっ、あ、もう……っ！」

逃がしようのない熱がお腹の中で膨れ上がる。何度も経験したその瞬間が目の前に来ていることが分かる。

「達したいの？」

「……っ」

問いかけられたけれど、私は首を横に振った。

「ウィルも……っ、一緒じゃないと……やぁ！」

自分だけではなく、気持ちよくなるのなら二人でがいい。そう伝えると、噛みつくようにキスをされた。歯列を、舌をたっぷりと絡められる。呼吸さえも重なる。

「大丈夫、僕も……、一緒に……っ」

目を開くと、ウィルが熱の籠《こ》もった瞳で私を見つめていた。求めているのも感じているのも自分一人ではないのだと理解した瞬間、想いが決壊する。

「あ、んんん……っ！」

「……っ」

お腹が収縮すると同時に、埋められていたものが膨らんだ。心臓の鼓動のように脈動する。頭の中まで絶対的な多幸感で占められ、私はウィルの首に手を回して抱きついた。

二人分の荒い呼吸が部屋に満ちる。

どれほどそうしていたか。

「……あの、ウィル？」

時間が経っても変化のない違和感に、すぐ横にある顔に視線を向けた。

「どうしたの？」

溶けてしまいそうな甘い笑みを向けられる。しかし私の身体の中には、その表情にそぐわない質量が埋められたままで……

「あの、ええと……これ」

どうすればいいのだろうと思っていたら、ウィルが立ち上がった。熱の棒を突き立てたまま、私の身体ごと持ち上げて。

「……ひ、あっ！」

重力で深く受け入れてしまうことになり、慌てて首元にしがみつく。ウィルが私を抱え直して、ゆっくりと歩き出した。

「あ……っ、んん！　な、にぃ？」

「もう少しだけ付き合ってくれるかな？」

向かう先がベッドルームだと気が付き、この濃密な時間がまだ終わりではないのだと悟った。歩く振動に合わせて中を刺激され、一度落ち着いたはずの身体の熱を再度灯《とも》される。

「美緒のことをもっと感じたいんだ」

繋《つな》がったままベッドに下ろされ横になると、頬を撫でられ、キスをされる。

返事の代わりに自分から舌を出してウィルの唇を舐めた。驚いたように一瞬唇が固く結ばれるけれど、すぐに隙間が開く。そっと中に差し入れると、舌を引っ張るように迎え入れられた。

唾液の絡む音に夢中になっていると、ずちゅんという音とともに身体に甘美な刺激が走る。ウィルのたくましいものがまたゆるゆると私の中を行き来しはじめたのだ。

すぐに余裕がなくなり唇を離すと、追いかけるようにウィルが私の口内に侵入してくる。

繋《つな》がったところから快感が響いて、全身に広がる。舌の絡み合った口から甘い悲鳴が漏れる。

隙間ないくらいに身体を寄せ合って、お互いの快感を高めるように息を合わせて動く。

身体だけでなく、心まで満たされていく。

こんな行為、ラスベガスに来るまで知らなかった。想像もしていなかった。

でもウィルと、だから。

気持ちよくて何より幸せを感じられるのは、相手がウィルだから。ウィルとでなければ、こんなことはできない。したくない。

「ウィル……っ、ウィル、好き！　大好きっ」

「僕も……っ、美緒、美緒っ！　好きだっ、愛してる！」

激しく腰を打ち付け合い、キスをして、気持ちを伝え合う。

ロイヤルスイートの一室で、私とウィルは何度も熱と想いを交わした。

エピローグ

「ここが……ウィルの家？」

ドアに一歩足を踏み入れた瞬間から、私の想像していた「マンションの一室」とはレベルが違ったことを思い知らされた。そもそも「一室」ですらない、「ワンフロア」なのだ。

大きなタワーマンションの最上階がすべて、ウィルの家だった。

「気に入ってくれるといいのだけど、どうかな？」

「気に入るとか気に入らないとか、そういう次元ではない気がする」

ホテルのロイヤルスイートも別世界だったけれど、こちらのほうがさらにすごい。

通されたリビングは、一面どころか二面がガラス張り。一面はラスベガスの街並みを遠くに臨み、素晴らしい夜景を堪能でき、もう一面は広いバルコニーになっているようだ。リビング自体は何十畳あるのかというほど広い。

リビングから続いているキッチンはアイランド式で、おしゃれな瓶に入った香辛料が収納棚に収められている。

「美緒、ベッドルームはこっちだよ」

ウィルに案内されるままついていくと、キングサイズのベッドが置いてある部屋に通された。部屋が広すぎて、ベッドのサイズ感覚がおかしくなりそうだけど。

「なんだか私、家の中で迷子になりそう」

「美緒は面白いことを言うね。そんなに複雑な造りではないからすぐに慣れるよ。一応全部の部屋を見せてあげるから、おいで」

ウィルに連れられ、一つずつすべての部屋のドアを開けて中を見せてもらった。そうして家の中を歩き回って分かったことがある。

「何にもない部屋もあるんだ」

「そうだね。あまり物には執着しないから生活できる最低限があればそれでいいかなと思うし、広さを持て余しているところはあるかもね」

「あまり帰ってこないと言っていたよね」

前にどこに住んでいるのかという話になった時に、そんなことを聞いた。

広すぎる家を一周しただけで疲れた気がする。リビングに戻ってきてほっと息をつくと、後ろからぎゅっと抱きしめられた。

「美緒が家にいてくれるなら、毎日早く帰ってくるよ」

「……ちょっ」

音を立てて首の後ろにキスされる。ウィルの距離感はさすが欧米の人だなという感じで油断も隙もない。

私は、キスされたところを手で押さえながら後ろを振り向いた。

「ウィルが私とのこと本気だって分かったから、きちんと聞きたいのだけど」

「ん？」

「……この先のこと、ウィルはどう考えているの？」

元々一週間の予定が延びに延びてこんなことになっているけれど、仕事もあるしいつまでもここにはいられない。

一か月という期限を切られていた時は、その先を聞いて望みもしない答えを突き付けられるのが嫌で、好きになりはじめてからは確認するのが怖かった。

アリシアさんが逮捕されたからホテルに閉じ籠《こ》もっている理由がなくなったので、ウィルの部屋に連れてこられたけれど、このままここに住むことはできない。

だけど、ウィルは当然のように「私がずっとここに住む」前提で話をしているように見えるのだけど……

「とりあえずは美緒のご両親にご挨拶《あいさつ》に行かなきゃなと思っているよ」

「え？」

「それに、日本の役所にもきちんと結婚の手続きを取らないといけないよね」

「え……あ、そうか」

海外で結婚したら三か月以内に日本でも手続きをしなければいけないのだ。具体的に何をするのかを調べないと。

「結婚式やハネムーンもどうするのか決めないといけないよね。結婚式は日本でしたほうがいいかな？　アメリカで挙げるなら呼びたい人は全員招待するけれど。ハネムーンはどうする？　世界一周旅行でもしてみる？」

「え、ええ、えええ？」

ウィルとの結婚式って、もしかしてすごく大規模になったりするんじゃない？

サロンではハリウッドにも知り合いがいるという話を聞いたし、他にも私には想像もできないような知り合いがいそうだ。ウィルの思い描く「結婚式」はどういうものなのか確認しないといけないような、聞くのが怖いような。

それに、さらりと「世界一周旅行」と言われても現実感がなさすぎて……

「あの、そういうことではなくて」

「うん、分かっているよ」

そう言って、ウィルは膝の裏に腕を回して私を抱き上げた。

初めてのことではないけれど、スーツを着ていると細身に見えるのにウィルは簡単に私を抱えてしまう。もちろん、服の下が意外に筋肉質なことも知っているのだけど……

自分が考えたことが恥ずかしくて俯《うつむ》いていたら、ウィルが器用に窓を開けてバルコニーに出た。

エアコンで調整されていた室内とは違う、日が落ちたラスベガスのひんやりした空気。

「ねえ美緒、見て」

促《うなが》され、ウィルの腕の中からラスベガスの街を見下ろした。ネオンが星空のように瞬いている。

「僕はね、ラスベガスという街が好きだよ。人の欲で作られたこの人工の街がね」

「そう……なんだ」

「まだ大学に通っている間にホテル経営に興味が湧いて、どこに建てようかを考えていた時に自然と『ラスベガスがいい』と思ったんだ」

「ウィルはどうしてホテル経営に興味が湧いたの？」

大学に飛び級で入学するくらいに頭がいいなら、医者とか弁護士とか大学に残るとかいくらでも選択肢はあったはずなのに。ご両親の意向とはいえ、サトウさんも研究の道に進むつもりだったと言っていた。

ウィルが私を見下ろし、少し困ったように眉を下げた。

「多分だけど、人に何かを与えたかったんだ。父が人から奪うばかりの人だったから、自分は違うと思いたかったんだろうね。一流のホテルとサービスでお客様をおもてなしして、帰る時に笑顔で『楽しかった』と言ってもらえると安心する」

「ウィル……」

ウィルの首に腕を回してぎゅっと抱きついた。

「美緒？」

「私はウィルにたくさんの気持ちをもらったよ。ううん、いまももらっている。大好きという気持ちもウィルからもらったから、同じかそれ以上に返したいと思う」

「……美緒は僕を喜ばせる天才だね」

ウィルの声が嬉しそうに弾む。

よかった。ウィルが辛そうだと私も辛い。ウィルにはいつも楽しく明るい気分でいてほしい。私がそういう気分にできたら、それは自分にとっても幸せなことだと思う。

「父のことがあるのにそれでもラスベガスを選んだのは、この街に対する僕なりの愛情の返し方だったのかもしれないね。そんなことは美緒と再会するまで考えもしなかったけど」

「そうしたらやっぱり、ウィルはラスベガスにずっといたい？」

しがみついていた腕の力を抜いてウィルの顔を見上げると、音を立ててキスをされた。不意打ちのキスはウィルと目が合ったままで、かっと顔が熱くなる。

「ラスベガスは好きだけど、美緒のことはもっと好きだよ」

「え？」

「美緒が日本に住み続けたいなら、僕が日本に移住する。日本にも僕のホテルは建っているし、二つ目を建設予定で色々準備しているところだしね」

「そんな……」

正直なところ、日本に愛着はある。生まれた国だし、海外に住むことになるなんてこれまで考えもしなかったから。でも、どうしても日本でなければいけない理由もない。友達や両親とはネットでいくらでも連絡が取れるし。

ウィルにラスベガスを捨てさせてまで押し通したい気持ちなのか、自分でもまだ分からない。

「もちろん美緒がラスベガスに住んでくれるのも大歓迎だし、他に気になる国や街があるならそこに住もう」

「えっ、どこの国でもいいの!?」

「いいよ。美緒が一緒にいてくれれば、そこが僕にとっての帰る国で家だからね。美緒が仕事をしたければ働きやすいようにサポートするし、家にいたいなら不自由ないように稼ぐよ」

「そ、そんないきなり色んなこと言われても、分からないよ」

自分だけでなくウィルの人生にも関わることだ。すぐにどうしたいのかなんて決められない。

困って頭の中がショートしそうになっていたら、ウィルにまた音を立ててキスをされた。

「急がなくていいよ」

「でも」

こうして帰国が遅れた分だけ仕事で他の人に迷惑をかけているかと思うと、いつまでも先延ばしにできない。ラスベガスにいる間に結論を出さないといけないのに。

「ねえ美緒、僕たちは夫婦だろう?」

「うん」

「だったらこの先、何十年も一緒にいるんだ。のんびりいこうよ」

ウィルが目を細くしてゆっくりと笑った。穏やかで私の不安を何もかも溶かしてしまう笑顔に、心がふっと軽くなる。

「今日の希望が明日には変わっていてもいいよ。住む場所も、飽きたり他の場所に興味が移ったりしたら引っ越せばいい。僕の希望はたった一つ、美緒とずっと一緒にいること。これだけは譲れないけれど、他は美緒に合わせられるよ。美緒の希望を聞かせて?」

「わ……私は」

どうしたい？

私の希望は？　望みは？

「私は……時間が欲しい。落ち着いて、これからのことを考える時間が」

「じゃあＦＢＩから帰国の許可が出たら、二人で日本に行こう。美緒と一緒に暮らしたいし余裕を持って考える時間をあげたいから、ホテル住まいではなくいっそのことマンションでも借りようかな」

「え、えっ⁉」

「どうしたの？」

きょとんと首を傾げたウィルの仕草が可愛くて心臓がきゅんとした……けれど、そうではなくて。どうしたもこうしたもない。

「いきなりマンションを借りるなんて、そんな。それに突然ウィルがいなくなってしまったらホテルの人たちが困るんじゃないの？」

「大丈夫だよ、うちのホテルの従業員はみんな優秀だからね。むしろ僕がいないくらいで回らなくなるほうが困る」

「そ、そういうものなの？」

「そういうものだよ。色んな場所にいくつもホテルを建てていると言っただろう？　どこも日常業務は僕がいなくても何も心配ない。問題が起こった時に必要なら戻ってくればいいだけだ」

「そうなんだ」

経営者というのはそういうものなのかな？

私には想像もつかないけれど、ウィルが大丈夫と言うのだから大丈夫なんだろう。他の人に迷惑をかけることが分かっていてそんなことを言うはずがないし。

「それじゃあ、マンションを借りるというのは？　こんな素敵な家があるんだから、わざわざ日本でそんな本格的に住もうとしなくても――」

「却下」

「え？」

「いまのは、美緒は日本にいるのに、僕はこのままラスベガスにいろという話だよね？　それだけは絶対にだめ。さっきも言ったけれど、僕の希望は『美緒とずっと一緒にいること』なんだよ？」

「……あ」

「美緒がもしも仕事を辞めて日本以外で暮らすことにしたとしても、引き継ぎに一か月はかかるだろう？　その間ずっと離れて暮らすなんて僕は嫌だし、美緒の頼みでも絶対に聞いてあげられない」

ウィルが唇を尖らせながら口にする。まるで子供のわがままのようだ。格好よくて見た目は完璧な王子様のウィルがそんな仕草をするのが微笑ましくて、思わず笑ってしまった。

「みーお」

くすくす笑っていたら、ウィルにじっとりと見つめられていた。ごめんね、と謝罪する。

「美緒は僕がどれだけ愛しているのか、全然理解していないよね」

ウィルは、ふう、とわざとらしい大きなため息をつく。

どう答えればいいのか分からなくて戸惑っていたら、バルコニーに置かれていたデッキチェアに下ろされた。ゆったり長いデッキチェアに寝転ぶように座ると、椅子の端に腰掛けたウィルに上から覆いかぶさられる。

「ウィル？」

どうしたんだろうと思って見上げたら、ウィルの顔が近づいてきてキスをされた。唇を舐められ、するんと隙間から舌を入れられる。

私は必死でウィルの身体にしがみついて受け入れるしかできなくて、散々翻弄《ほんろう》されてやっと解放された時には涙で視界がぼんやりしていた。

「ど、したの……とつぜん」

「美緒が僕の本気を分かっていないから、教えてあげようと思って」

「……え」

「何回くらいキスしたら伝わるかな？　それとも全身にキスをするほうがいい？」

「ちょ……ウィル！　ここ、外だからっ」

タワーマンションの最上階だからそうそう誰かに聞かれることもないと思うけれど、下の階の人が窓を開けていないとも限らない。

焦って「しー！」とすると、ウィルが楽しそうに笑った。

「日本語だから分からないと思うけど、美緒がつやっぽい声を出したら危ないかもね。それとも寝室でなら構わない?」

「そういう問題でなくて……っ」

「それなら、どういう問題なの?」

「だって……朝もあんなにシたのに……」

うう、恥ずかしい。でもそれは事実で、朝もソファで散々キスをされ、ベッドに移動してからもたくさん声を上げさせられた。

ウィルは疲れないのかなと思ったけれど、意地悪そうに笑っている表情から疲労は感じられない。

「僕はずっと美緒を好きだったんだよ」

「それは聞いた、けど」

「だからね、十年以上もの想いがたった一か月程度で落ち着くわけがないんだ。美緒が好きだと声を大にして言えるのが嬉しいし、ずっと触れ合っていたい」

「……私も、ウィルが大好きだよ」

勇気を出して自分からキスをしてみた。ウィルが私を好きでいてくれるように、私もウィルが好き。気持ちは言葉にしないと伝わらないから。

「私ね、あの時……あのオークションの会場でウィルに買ってもらえてよかったと思うの。もちろん、私が騙《だま》されたりしないでもっときちんとしていれば迷惑をかけることもなかったけれど。ウィルがいなかったらどうなってたのか、考えるだけで怖くなる」

「美緒……。もう大丈夫だよ、これからは僕がずっと一緒にいるから。二度と美緒をあんな目には遭わせないから安心して」

「……ありがとう。ウィルは私をお金で買って、好きにすることもできたけどしなかったよね。強引だったことはあるけど、痛いことやひどいことは絶対にしなかった。ウィルがどれだけ私を大切にしてくれているか、好きでいてくれているか、ちゃんと分かっているよ」

そんなふうに優しいウィルだから、私も好きになったんだ。

私は広い背中に手を回し抱きしめた。

「私もずっと、ウィルと一緒にいたい。迷惑にならない限り、ずっと」

「美緒にしてもらうことで迷惑に思うことなんて何一つないよ。だから美緒は美緒のしたいことをしてほしい。僕はどんな美緒でも愛しているから」

「ありがとう。でもね、私もウィルにはウィルの好きなことをしてほしい。私に気を使ってばっかりではなくて、ウィルのしたいことを一緒にしたい」

自分がしてもらうばかりではなく、してあげたい。

わがままを聞いてもらうのではなく、叶えてあげたい。

ウィルにたくさんのものをもらったから、それ以上に私もあげたい。

「美緒はすごいな。僕はこれから先何回でも、美緒に恋する気がするよ」

「うん。私のことを好きでいてね、これから先もずっと。私もウィルのことが大好きだから」

ウィル、私ね。

ウィルに買ってもらえて、結婚できて、すごく幸せだよ。

番外編　過去と未来

美緒と初めて会ったのは、僕がまだ十三歳の頃だった。

日本に構えている別宅の庭で本を捲《めく》っていると、視線に気が付いた。庭の周囲に張り巡らされている柵を掴《つか》みながら、女の子が僕のほうを見つめている。

「こんにちは、何か用？」

よそ行きの笑みを浮かべながら問いかける。

僕は生まれも育ちもアメリカ国内だけれど、英語だけではなく数か国語はネイティブ並みにキレイな発音で話せる自信がある。女の子も僕の問いかけ自体に特に違和感を持った様子はなく、僕が声を発したことに驚いた様子だった。

きょろきょろと周囲を見回し、自分が話しかけられたのだと理解したらしい。おずおずとしながら、ぺこんと頭を下げた。

「あの、邪魔しちゃってごめんなさい。ここの家、ずっと人がいなかったの。お化けが住んでるのかなって思っていたら、初めて人を見たからびっくりして」

「僕も母さんも普段はアメリカに住んでいるからね」

「アメリカって知ってるよ。すごい、遠くから来たんだね」

ぱぁっと表情を明るくした女の子に、素直な子供だなと思った。

親しい人のいない土地で家にひたすら閉じ込められ、僕も最近少しうんざりしていた。多分そのせいだったのだろう、会話を続けたのは。

「この家に興味があるの？」

「う、うん。大きくてキレイなお庭のおうちだなって思ってた」

「そう。中、入ってみる？」

「え、あの」

女の子は困ったようにまたあたりを見る。知らない家の敷地に入ることへの警戒かと思ったが、どうも様子が違う。恐らく内向的で、人見知りなのだろう。一人で行動することに慣れていないらしい。このまま断られても構わないと思ったが、気が付けば誘うように「この前花が咲いたばかりで見頃だよ」と口にしていた。

女の子がまたこちらを見る。

「いい、の？」

「いいよ。向こうの門に回ってきて」

小さく頷き表門のほうに移動する姿を見て、僕も本を閉じて芝生から立ち上がった。

女の子に自分から声をかけたのは初めてだったことに、歩き出してから気が付く。ふわふわの髪をした女の子があまりにも素直で純粋そうで、何かを企《たくら》んでいるようには見えなかったからだと、誰に向けてか分からない言い訳をした。

表の門を開けて女の子を招き入れる。

「君、名前は？」

「ええと、美緒、だよ。あなたは？」

邪気のない真っすぐな笑顔に胸のどこかがざわめいた気がしたけれど、理由はよく分からない。手で胸を押さえてみた時にはすでにおさまっていたので、体調の異変などではなさそうだ。

妙に緊張をしながら「ビルだよ」と、母に名乗るよう厳命されているもう一つの愛称を口にした。

「どうかしたの？」

「なんでもないよ。庭はこっちだから、おいで」

先導するように先に歩くと、美緒がきょろきょろしながら横に並んだ。僕ではなく、本当に家のほうに興味があるらしい。

自分の見た目が人より優れているのだと気が付いたのは、いつからだっただろうか。どこへ行っても注目されて人が集まってくる。

人からの興味も度が過ぎると脅威になると知ったのも、まだ幼い頃だった。僕はこれまでに何度も誘拐されかけている。それは時に資産家である父親への脅迫目的で、時に僕自身が目的だった。僕の見た目に所有欲というものをかき立てられるらしい。

特に女性はその反応が顕著《けんちょ》だ。年上の女性も、同じくらいの年の子も、僕と会うと目の色が変わる。

そんな反応を見慣れすぎていたけれど、美緒は僕のほうをほとんど見ていない。興味がありながらそれを隠そうとしているのか、それとも最初から興味が薄いのかは簡単に見分けが付く。

美緒は庭に花壇を見つけると、「見てもいい？」と目を輝かせていた。笑顔で頷いた僕に背を向けて花壇に駆けていく小さな背中を見つめながらあとを追う。

「この黄色いお花知ってる。ええと、ま……まりー」

「マリーゴールド」

「そう、それ。ビルは物知りなんだね」

「ありがとう」

花の名前くらい大したことではないけれど、褒められるのは悪い気はしない。

それからも美緒に庭に植えられている花や植物の名前を教えながら、ぐるりと一周して、芝生に二人で座る。美緒が僕の持っていた本を指さした。

「あなたも本が好きなの？」

「あなた『も』ということは、美緒も本が好き？」

「大好き。図書館でよく本を借りてるよ」

「そうなんだ。これも読んでみる？」

「いいの？」

「もちろん構わないよ」

分厚いハードカバーを渡すと、美緒がわくわくした顔で表紙を開く。ページを捲《めく》るごとに、笑顔が少しずつ消えていく素直な反応に思わず笑ってしまった。

「これ、英語の本なの？」

「うん。全部英語の論文だよ」

「ろんぶん？」

「んー、少し難しい本ということかな」

「そうなんだ。ろんぶんを読んでるから、物知りなんだね」

「え……」

「ちがうの？」

きょとんと傾げられた首に、慌てて「そうかもね」と頷く。美緒は「やっぱり。すごいんだね」と純粋に笑っていて、それがやけに眩《まぶ》しく見えた。

人より学習能力が高いらしい僕は飛び級ですでにハイスクールに通っているが、全員が好意的に受け入れてくれるわけではない。大人であれば純粋に「すごい」と認めてくれるが、精神的に未熟な相手だと嫉妬されることのほうが多かった。「裏で金を積んだんだろう」と正面切って言われた回数も片手では足りない。

美緒は分かっていないだけかもしれないが、なんの裏もなく真っすぐに伝えられた褒め言葉は僕の心にすとんと落ちてきた。

「ここの家は僕と母さんがいない時でも、完全に無人なわけではないよ」

「そうなの？」

「使用人を雇っていて、定期的に掃除とメンテナンスには来てもらっている。だから花壇もキレイだし、外からもいつも花が咲いているのは見えていただろう？」

「あ、そっか。そうだったかも。確かにお化けじゃお花のお手入れはできないもんね」

僕が強引に話題を変えたことを気にする様子もなく、こくこくと美緒が頷く。

ふわふわと揺れる髪に手を伸ばしそうになっていたことに気が付き、慌てて引っ込める。女の子の髪に無許可に触れるのはマナー違反だ。いままでそんな衝動を感じたことはなかったのに。

美緒を見ていると知らない自分を発見させられる。それがいいことなのか悪いことなのかは不明だ。

だからだろうか、初対面の美緒に自分の話を聞いてほしいと思ったのは。

「ねえ美緒、僕の話を聞いてくれる？」

「え、うん。どんなお話？」

「いまね、僕の両親は離婚調停中なんだ」

「り……こん、ちょ……？」

「離婚調停。結婚していたけどやっぱり別れましょうと話し合っているということだよ」

「え、そんな。お父さんとお母さん、お別れしちゃうの？」

他人の話のはずなのになぜかショックを受けているらしい美緒に、僕は静かに頷く。

「随分前から夫婦関係は破綻……だめになっていたんだけどね。母さんは父さんをあからさまに避けていて、たまに顔を合わせても喧嘩《けんか》ばかりで」

「そ、そうなんだ」

自分のことではないのに悲しそうに顔を歪める美緒は優しくて、幸せな家庭で育っているのだろうなと簡単に想像がつく。温かくて穏やかで、両親も恐らく美緒のように優しいに違いない。

「美緒はどうして、大人は結婚するんだと思う?」

「……?」

「いずれ離婚するのなら、そもそも結婚なんてしなきゃいいんじゃないかと僕は思うんだよね。しかもこうして争うなんて時間の無駄だ」

しかも二人して、どちらが僕と暮らすのかを主張し合っているのだからたまらない。僕の意思を一切考慮せず、劣勢を悟った母にこうして日本にまで連れてこられる始末だ。

ここまで泥沼になるのなら最初から結婚なんてしなければよかったのに。

そんなことを思っていたら、頭を撫でられた。横を見ると美緒が泣きそうな顔で小さな手を必死に伸ばし、僕を慰めようとしてくれている。

「どうして美緒が悲しそうなの?」

「ビルが悲しそうに見えたから」

「僕が?」

美緒がこくんと頷く。

「あのね、わたし本を読むのが好きなの」

「さっき言っていたよね」

「本を読んで、『めでたしめでたし』で終わるのが好き。これから幸せに暮らすんだろうなって想像するのも好き」

美緒の言う「本」が「物語」だということが聞いていて分かった。

「あのね、みんな同じなんじゃないのかな」

「同じ？」

「結婚するときは『めでたしめでたし』と同じで、幸せなこれからを想像しているの。未来は誰にも分からないから、幸せなことだけ考えてたほうが本当に幸せになれそうな……気がするかなって、思ったんだけど」

「あまりにも楽観的じゃないかな、それ」

僕に否定されたと思ったらしい美緒が「ごめんなさい」と俯《うつむ》いた。

慌てて僕も謝る。美緒の考え方そのものはとても素敵で、決して悪いわけじゃない。自分の物事のとらえ方がひねくれているのだと気が付かされる。

「ただ、失敗はよくないだろう？　どんな些細《ささい》な予兆だろうと結婚前に感じていれば避けられるんじゃないかと僕は思うんだ」

「失敗はよくないの？」

「え？」

「お父さんもお母さんも、『たくさん失敗しなさい』って言うよ？」

「本当に？」

父はよく『判断を間違えるような奴は二流だ』と言っている。

僕がまだ小さかった頃に、父が電話口で怒鳴り声を上げていたことがある。分厚い扉越しに廊下にまで聞こえていたので、どうしたんだろうと思い立ち聞きをしてみたら、どうやら部下がミスをして損失を出してしまったらしい。

聞いている限り大した額ではなかったが、激昂していた父はそのまま部下のクビを切ってしまった。その日の夜に「二流の人間は要らんっ」と何度も口にしていたのをよく覚えている。

そんなことを言っていた本人が離婚話をしているのだから皮肉だけれど。

「悪いのは『失敗すること』じゃなくて、『反省しないこと』なんだって」

「美緒のご両親は素敵だね。美緒は両親が好き？」

「大好きだよ。りんごの皮をむく時に、うさぎさんにしてくれるし」

屈託ない笑顔で返された素直な言葉と感情が眩《まぶ》しい。

ああ、僕が結婚をするのなら、相手はこういう子がいい。

純粋で素直で真っすぐで可愛い、美緒のような女の子が。

いや――

「美緒が、いいな」

「え？」

美緒みたいな女の子ではなく、美緒がいい。美緒と結婚して夫婦になって、温かくて幸せで笑顔の溢れる家庭を築きたい。

ぽつりと生まれた気持ちの芽は急速に育ち、確信となる。

僕は将来、美緒と結婚する。

「ねぇ、美緒。いつか迎えに来るから僕を忘れないでね」

◇◇◇

美緒と出会った時の僕はまだ父の本当の事業のことも知らず、両親の不仲はただの夫婦によくある問題の一つだと思っていた。

真相を知ったのは両親の離婚が成立し、アメリカに帰った直後のこと。お酒に酔った母が、離婚の本当の原因は父の事業を知ってしまったことだと漏らしたのだ。

そのすぐあとに母が事故死した。

原因はトラックの居眠り運転だったが、葬式に参加した父を見てとある疑念が湧いた。父はプライドが高く、他人への支配欲が強い。それは幼心にも強く感じており、僕が父と距離を置いていた理由の一つでもあった。

子供の頃から父の望まぬ行動を取ると激しい叱責が飛んできたのだ。幸いにして僕は敏《さと》いほうだったから、すぐに父の性格を理解してうまく立ち回ることができたけれど。

そんな父が母から突き付けられた離婚を、揉めたとはいえ最終的には受け入れた。本当に？　あまりにもタイミングのよすぎる母の死に、本当に父は一切関わっていないのか。

そんな想像をした瞬間、背筋がゾッとした。自分の想像が荒唐《こうとう》無稽《むけい》だと笑えない。父が他人を虫けらのように扱うだろうことは、その事業を考えれば火を見るよりも明らかだ。

美緒の存在は決して父に悟らせてはならない。

父にとって僕は道具だ。人より秀でた頭脳も見た目も、父にとっては有用な「物」としての価値しかない。

母が亡くなったことにより『一緒に暮らさないか』と提案してきた父の目を見て、それが事実だと確信する。親子の情なんか、どこにもなかった。

美緒が特別だと知られれば、僕という道具をより効率的に使うために手に入れるだろう。美緒は道具よりもさらに手ひどい扱いを受ける。

美緒へ宛てて書いていた手紙をコンロで燃やしながら、僕は父の事業を徹底的に潰すまで彼女に会わないことを決意した。連絡も取らない。いや、取れない。どこからどんな足が付くか分からないから。

入学した大学で、同じように飛び級で目立っていたルークと仲良くなった。

その頃には僕は大学に残り研究する道ではなく、学んだ経済学や経営学を実践で生かすほうに興味が移っていたこともあり、ラスベガスでホテルを建てるために多方面に働きかけていた。目立つのは好きではないが水面下での根回しが得意なルークとは馬が合い、すぐに相棒のような関係になった。

そんなルークに、いつか日本に進出する足掛かりを作るために渡日させながら、時々美緒の様子を確認するよう頼んでいた。ルークには父の事業のことも美緒への想いも、すべてを話した上で協力してもらっていた。

美緒への気持ちは時間が経っても一向に褪《あ》せる気配がない。成長して多くの人に会っても、心が動くことは一度もなかった。

僕の気持ちは美緒だけに向かっていて、時間が止まっているかのようだった。子供の時にたった数日会っただけの女の子がどうしてこんなにも特別なのか。思い出とともに美化されてしまっているのか。

何度も自問自答しながらも、やはり僕の心は美緒だけを求めていた。

「……は？　美緒が例のカジノにいた？」

ＦＢＩと協力し、アリシアが引き継いでいた父の事業を根こそぎ潰せそうだというタイミングでルークに報告を受けた。裏カジノに美緒がいたことと、明らかに罠にはめられていた様子だったことを。

「どうしてその場で助けなかったんだ!?」

想像もしていなかったことを突然聞かされ、声を荒らげてしまう。

ルークは常にない僕の様子に一瞬目を丸くしたものの、すぐにいつもの表情に戻って小さなため息をついた。

「落ち着いてください、ウィリアム。私があの場でトラブルを起こすわけにはいかなかったことは分かるでしょう？」

「あ……ああ。そうだけども……っ」

ルークには今夜、裏カジノに潜入して重要なデータのコピーを取ってきてもらっていた。そんな大事なものを持った状態でトラブルを起こし、なぜあんな場所にいたのかを不審に思われると困る。何年も機会を窺《うかが》い、やっと得られたチャンスをふいにするわけにはいかない。理性では分かっている。

「美緒……どうしてこんなタイミングでラスベガスに来たんだ」

ホテルの支配人室の革張りの椅子に、沈むようにして唸《うな》る。もう少しで何もかも解決して、日本へ迎えに行けたのに。

「恋人と別れたことによる傷心旅行ですかね」

「……っ」

ぽつりと呟《つぶや》かれたルークの言葉に、じろりと見上げてしまう。

「それはつまり、僕のせいだと言いたいのか？」

「いえいえ、そんなことは言っていませんよ。ただ時期的に考えてもその可能性が高いだろうと思っただけです」

「……仕方がないだろう。美緒が僕以外の誰かと付き合うなんて許せないのだから」

時々美緒の様子を見に行かせていたルークの報告によると、どちらかというと内気で大人しいため、異性関係においても積極性は発揮されなかったらしい。だから、時々現れる彼女のよさに気が付いた男をそれとなく遠ざけるだけで済んでいたのだが。

ここしばらくラスベガスのことにかかりきりになっている間に、ぽっと出の男に誘惑されていたのだ。二人の仲が進展する前に気が付き、ルークを使って追い払ったのだが……美緒は日常生活に影響が出るほどには落ち込んではいないようだという話を聞いて、安心していたのが悪かったのか。まさか、一人で海外旅行を計画して実行するだけの行動力が美緒にあったとは想像もしなかった。

僕が美緒と恋人の邪魔さえしなければ、一人で海外に来ようとすることもなかったのか？

「とにかく美緒を助け出す。……と言いたいけれど、正面突破は愚策だな」

「そうですね」

下手なことをすると、美緒の存在ごと消される可能性がある。

アリシアは父とよく似ていて、気に入らない人間を排除することに躊躇《ためら》いがない。僕に執着している彼女が美緒のことを知れば、その場で攻撃されてしまうだろう。かといって元々父と距離を取っていた僕はアリシアの配下の者には信用がなく、あの施設内ではあまり自由にも動かせてもらえない。

「美緒は多分、明日のオークションに出されるだろうね」

「……そうですね。日本人の女性は珍しいですから、直前であっても目玉商品として――まさか、ウィリアム？」

僕の考えを見透かし、信じられないと目を丸くするルークに笑いかける。

アリシアがいる限り裏で何をされるか分からないから、美緒に下手な手出しはできない。

それならば堂々とモノにすればいい。オークションの会場で客が見ている前で買い、その足で美緒をこのホテルに連れ帰ってしまえば。

『僕の仕事には口を出されたくない』とアリシアや関係者にはこのホテルの出入りを禁じているから、美緒もここにいる間は安心だ。

なんなら結婚してしまえば、万が一彼女に何かあったとしても正式な配偶者としてFBIに協力を依頼することもできる。

ああ、そうだ。

「結婚」という手段は、美緒と僕を結ぶこの上ない関係になる。

美緒にとって、僕という存在が特別になる。

咄嗟《とっさ》に浮かんだ選択肢は、もう他には考えられないほど素晴らしいもののように思えた。美緒にすべてを話すことはできないけれど、そうするしかない。

「僕は明日、美緒を買うよ」

◇◇◇

ドアを開けると、ぱたぱたと可愛い足音を立てて美緒が出迎えてくれた。

「お帰りなさい」

「ただいま、美緒」

華奢《きゃしゃ》な身体を抱きしめて、キスをする。軽い挨拶《あいさつ》だけのつもりだったはずが、柔らかさにもう一度、もう一度だけとしているうちに、舌を入れていた。「……んんっ」と鼻にかかった甘い声を上げ、必死に僕の動きに合わせている美緒が愛おしい。

ひとしきり堪能し最後に音を立てると、潤《うる》んだ瞳でこちらを見上げ頬を紅潮させながらにこりと微笑まれた。

僕の奥さんが可愛いすぎて、今日も幸せだ。

日本に来て三か月が経った。

美緒の両親に挨拶《あいさつ》に行き、驚かれたのも随分前のことのように感じる。旅行に行っていた娘が突然僕のような目立つ男を連れ、「結婚した」と聞かされればそういう反応にもなるだろう。

受け入れてくれたのは、以前近くに住んでいて顔見知りだったという点が大きかった。美緒は僕がアメリカに戻ったあともしばらく「大きな家に住んでいた外国人の男の子」の話をしていたのだと、お義母《かあ》さんが覚えてくれていたのだ。

お義父《とう》さんにはそんなに簡単に受け入れられなかったようだが、「美緒が決めたのなら」と反対はしなかった。

美緒の職場の近くにマンションを借りてはじめた二人の生活は、まるで夢のようだ。

朝に目が覚めた時、食事をしている時、何気ない時間にも隣を見ると美緒がいる。目が合うと微笑んでくれる。手を伸ばせば抱きしめることができる。現実なのだと確かめるたびに、幸福感で全身が満たされる。

「お義母《かあ》さんとのお出かけは楽しかった？」

「ウィルがいなくて残念がっていたよ」

「次は僕も休めるようにするから」

「ありがとう。でも無理はしないでいいからね」

美緒の仕事が休みの日曜日の今日、お義母《かあ》さんが用事でこちらのほうに出てくるということで、お昼ご飯でもと誘われたのだ。残念ながら僕は仕事で行けなかったのだけれど、美緒の表情を見れば楽しかったことは伝わってくる。

リビングに移動しながら、どこのお店で何を食べたのかなどを話してくれる。

「ウィルは食事はしてくるって言っていたよね？」

「うん」

「お茶は飲む？　それともコーヒーがいいかな」

ティーポットを手にした美緒が僕を見てきょとんと首を傾げた。

「なんだかすごく笑っているけれど、いいことがあったの？」

「美緒がここにいてくれることが、僕にとって何よりのいいことだよ」

「……っ」

キスとともに伝えると、美緒の耳が赤くなる。何度触れ合ってもこうして照れる彼女を見るたび、自分の中に「好き」と「可愛い」が増えていく。

美緒と出会えたことで、つまらない日々が色鮮やかになった。離れていた時期も長く、もうだめかと思った時もあったけれど、諦《あきら》めなくてよかったと心の底から思う。

美緒が側にいてくれれば、他に怖いものなど何もない。

「美緒」

名前を呼ぶと、美緒が意図を察して近づいてきてくれる。抱きしめれば背中に腕を回してくれた。

美緒の匂いを、存在を、全身で感じる。

「ウィル、大好き」

「僕も、愛している」

気持ちを伝え合えることがどれだけ貴重か。

幸せを噛みしめながら、僕はまた美緒にキスをした。

この作品に対する皆様のご意見・ご感想をお待ちしております。

おハガキ・お手紙は以下の宛先にお送りください。

【宛先】

〒150-6008 東京都渋谷区恵比寿 4-20-3 恵比寿ｶﾞｰﾃﾞﾝﾌﾟﾚｲｽﾀﾜｰ 8F
（株）アルファポリス　書籍感想係

メールフォームでのご意見・ご感想は右のＱＲコードから、
あるいは以下のワードで検索をかけてください。

アルファポリス　書籍の感想　検索

ご感想はこちらから

本書は、Webサイト「アルファポリス」（https://www.alphapolis.co.jp/）に掲載されていたものを、改稿、加筆のうえ、書籍化したものです。

ラスベガスのホテル王《おう》は、落札《らくさつ》した花嫁《はなよめ》を離《はな》さない

水野恵無（みずの えむ）

2023年 12月 25日初版発行

編集－羽藤瞳
編集長－倉持真理
発行者－梶本雄介
発行所－株式会社アルファポリス
〒150-6008 東京都渋谷区恵比寿4-20-3 恵比寿ｶﾞｰﾃﾞﾝﾌﾟﾚｲｽﾀﾜｰ8F
TEL 03-6277-1601（営業）　03-6277-1602（編集）
URL https://www.alphapolis.co.jp/
発売元－株式会社星雲社（共同出版社・流通責任出版社）
〒112-0005 東京都文京区水道1-3-30
TEL 03-3868-3275
装丁イラスト－さばるどろ
装丁デザイン－ナルティス（井上愛理）
（レーベルフォーマットデザイン－ansyyqdesign）
印刷－中央精版印刷株式会社

価格はカバーに表示されてあります。

落丁乱丁の場合はアルファポリスまでご連絡ください。

送料は小社負担でお取り替えします。


ISBN978-4-434-33079-7 C0093